鳥居哲男

風と光と波の幻想—アミターバ坂口安吾（第一部）

カバー写真　島崎哲也太

まえがき

この「風と光と波の幻想――アミターバ坂口安吾」第一部は、五年前まで皓星社から発売されていた雑誌「トスキナア」10号から20号まで連載したものである。

急遽、雑誌の廃刊が決まったので、坂口安吾の生涯をたどるには、まだまだ道半ばというより、戦前までの道程にしかすぎない。彼が本当に活躍したのは、戦後からであり、むしろ、これからが本番であるわけだが、以降のことは、第二部として上梓する予定である。

しかし、自由奔放に苦しみ、悩み、喜んで生きた安吾の〝生き様〟は、戦後より戦前の方に真骨頂があり、生々しい彼の成長過程に触れることが出来る。マスコミの寵児となってからの安吾より、はるかに美しく、醜く、素晴らしく、無様な全貌をさらけだしていた。

これを坂口安吾の評伝という人もあれば、架空ドキュメント・フィクションと呼んだ人もいるが、そのようなジャンル分けはどうでもいい。とにかく、規格外の〝巨人〟だった安吾に迫るには、このようなスタイルしかなかったのである。荒唐無稽と言われるかもしれないが、死者となった坂口安吾と共に、読者も〝あっちこっち命がけ〟で読んでいただけると望外の幸せである。

風と光と波の幻想―アミターバ坂口安吾(第一部)　目次

プロローグ

昭和三十年二月十七日、午前五時――。

坂口安吾は、群馬県桐生の自宅で目を覚ました。外はまだ暗い。

数日前、四国をめぐる取材旅行から帰って、その疲れがまだ残っているのか、体が重く感じられた。そして間欠的に襲ってくる頭痛がある。さらに、それを上回る寒気が想定外の早い目覚めの原因と知れた。

これはたまらん、と、厚い縕袍《どてら》を羽織って起き出し、ストーブに石炭を焚く。ようやく寒気は去ったが、しばらく所在なく新聞を読んでいるうちにも、繰り返しやってくる頭痛は残った。そのまま一時間あまり暖を取っていると、ようやく夜が白々と明けてくるのを感じた安吾は、家人を起こそうと立ち上がる。川端康成の世話で手に入れたコリー種の愛犬ラモーが巨体を揺すって無邪気にじゃれついてくる。

そのとき、また、ひときわ激しい頭痛が襲った。

坂口安吾の盟友ともいうべき檀一雄は、このあたりの様子を次のように書いている。

……まもなく六時半になり、奥さんと綱雄君を寝室に迎えに行き、さて、起こすのがためらわれたのか、その布団をかけ直してやったそうだ。

安吾が倒れたのはこの時だ。はじめ、

「頭が痛くなった」

と云い、それから

「三千代」

「三千代」

と連呼しつづけながら、次第に声は薄れていったらしい。そのまま意識不明に陥入って、やがて一時間半後には死んでいる。(「坂口安吾の死」)

脳出血である。脳の動脈が切れ、安吾の脳内はどっと血液に浸されてゆく。そのとき薄れゆく意識の中で、安吾ははっきりと自分に迫る光の波を見ていた。いや、自分が光の渦のようなものに向かって吸い寄せられていくような感じだった。

そして、不意に何の脈絡もなく、四半世紀近く前に書いた自分の文章が思い出される。どうなっているのだ。こんないい気分のとき、オレは自分が書いたものなど思い出すなどということはないはずなのに――。

私は蒼空を見た。蒼空は私に沁みた。私は瑠璃色の波に噎ぶ。私は蒼空の中を泳いだ。そして私は、透明な波でしかなかった。私は磯の音を私の脊髄にきいた。単調なリズムは、其処から、鈍い蠕動を空に撒いた。

私は褰れていた。夏の太陽は凶暴な奔流で鋭く私を刺し貫いた。その度に私の身体は、私の持つ抵抗力を、もはや意識することがなかった。そして私は、強烈な熱である光の奔流を、私の胎内に、それが私の肉であるように感じていた。(「ふるさとに寄する讃歌」)

うむ、いまの感じに似ている。これは蒼空の光だ。オレは蒼空へ向かって泳いでいるんだ。と安吾は思った。広々とした自由、なにものにも捉われない清々しい世界が彼の前に広がってゆく。もはや彼には頭痛も寒気もない。

三千代が二歳半の綱雄を抱え、オロオロとしながら新聞社や出版社の親しい知り合いに電話をかけ続けている。その傍に立っていると、A社のS君やB社のW君の声が受話器を通して聞こえてきて、大仰に驚いているのも懐かしく感じられた。

体がふわふわする。そうか、オレは風になったんだ、と安吾は思った。

若い頃、坊主になろうと思って夢中になって勉強したインドやチベットの本の中に、このような光と風になる話がたくさんあったな。これに広々とした海の波が加われば、オレにとっちゃ理想的な風景なんだが……。

すると突然、目の前に青々とした日本海が果てしなく広がり、浜辺に打ち寄せる波と、はるか水平線まで続く沖合まで、キラキラ輝く白波が望める安吾の一番好きな風景が、いとも簡単にそこにあった。

なんともいい気持ちだ。ここはオレの故郷じゃないか。そして、これからも生きる場所だ。と安吾は思う。

風と光と波の風景――。まず、風だ。そうだ、風といえば凄い奴がいたなあ。

そのとたん、安吾は新潟の生家の近くにいる自分に気づく。そして従兄の家の女中頭の子供で五歳ぐらい年上の白痴の男がニコニコ笑っていた。

「やあ、あんたか。あんたも風のような男だったなあ。オレもいま風になっちまったが、あんたは半端な風じゃなかった」

安吾は懐かしく語りかけた。

白痴は返事をしない。ただ昔のようにせせら笑うのではなく、実にいい笑顔で見せている。穏やかになりやがったな。でも、どうして黙っているんだ。「碁を教えてやる。四目先に置け」とぐらい言ったらどうだ。たしかにオレはお前に碁の手ほどきをしてもらった。しかし、すぐにオレの方がうまくなって、悔しがっていたじゃないか。碁は下手だったが、あんたが並ではない風のような男だったことをオレは知っている。

おまえが精神病院で息を引き取った直後のことを、オレは万感の思いを込めて、次のように書いたものだ。

……突然突風の音が起こってまず入り口の戸が吹き倒れ、突風は土間を突き抜けて炉端の戸を倒し、台所から奥へ通じる戸を倒し、いつも白痴がこもっていた三畳の戸を倒して、とまった。すべては瞬間の出来事で、けたたましい音だけが残っていた。それは全くある人間の体力が全力をこめて突き倒し蹴倒して行ったものであり、ただその姿が風であって見えないだけの話であった。そこへ病院から電話で、今白痴が息を引き取ったという報《しらせ》があったのである。(「石の思い」)

あのときは白痴が死んだ瞬間に霊となり、それも荒々しい雷神のようなものになったのだと思っていたが、どうだ、いまの白痴の穏やかさは……。そうか、オレだって何だか皆に突風のような男だと言われていたっけ。

オレと同じようなところがある檀一雄の奴も「とてもかないません」と白旗をあげっぱなしだったからな。

あれは彼と芸者屋に三日間居つづけして起きては飲み、飲んでは寝るという調子でやっていたときだ。三日目の朝になると、檀の奴、飲みつかれて吐きつづけ、ぐったりしてやがる。彼を芸者に介抱させながら、オレはウイスキーをあおりつづけて、昼ごろまでに一人でサントリーの角瓶を一本あけてしまった。

「驚いた……。そんなに飲んでいいのかしら?」

「やっぱりどうも、俺の体は人間並じゃないらしいや。檀君、俺と同じだけ酒をつき合っちゃいけないよ」

例のあやしい言葉をつぶやきながら、最後の一滴をほしあげると、今度は掌一杯、サクロフィール、パンビタン、バンサインを肴のようにあおり、

「君もこいつを飲んだがいいや」

私の掌一杯、薬の山を盛りあげる。

全くの話、私は命からがら、桐生から逃げ帰ったようなものである。(檀一雄「坂口安吾の死」)

無茶をやっていたもんだ。しかし、今はオレもこの白痴のように穏やかになっている。別に人間が変わったわけじゃない。誰だってこのような風と光と波の風景の中にいれば、穏やかになるもんだ。何もしゃべらなくてもいい。まったくの自由がここにある。

そうだ、三千代と綱雄はどうしているだろう。いい気持ちになって、ふるさとの風景の中で白痴に会ったり檀のことを思い出したりしていて、すっかり忘れていた。と思った瞬間、安吾は桐生の自宅に戻っている。

「ただいま亡くなりました。六時半に倒れて意識不明になり、七時四十五分に、とうとう駄目になりました。みんなどうしていいか、まったく手がつきませんから、出来たらなるべく早く来ていただけませんか」

まだオロオロして電話にすがりついている三千代に、大丈夫だよ、いまに誰かがうまく仕切ってくれるから安心しなさい、と笑いかけてやっても、何の効果もない。

オレも手伝って電話をしてやろうかなとも考えたが、本人が電話をしたら、相手が驚くだろうし「冗談はやめてください」なんて怒る奴もいるだろうから、やめた。でも、なんとなく所在ない。仕方がないから、再び安吾は忙しそうな三千代から離れて、透明な波となっている自分の自由を味わいながら、ぶらりと外に出た。

一気に東京に来ている。ははあ、これは愉快だ。時空を超えることが自由にできるんだ。不意に大井廣介が傍にいるのに気づく。はて、こいつとは三年ぐらい絶交しているはずなのに、どうしてここに現れるんだ。という怪訝な気持ちがしないではなかったが、なぜか嬉しくて、安吾はいつも廣介が褒めてくれる「つつみきれない笑顔」で迎えた。しかし、大井はニコリともせず、不機嫌そうな表情でつぶやく。そうか、こいつにはオレが目の前にいるのに見えていないんだ。でも彼はオレに向かってしゃべっている。

「僕が死んだらワアワア泣くだろうネ、って君は言ったことがあったたな」

そんなことがあったかな。そうか、あれは東京大空襲で廣介の家が罹災したときのことだった。オレは省線が不通になっていたので、蒲田から千駄ケ谷まで歩いて見舞いに行ってやったんだ。たしかに、そんなことを言ったことがあるような気がする。何しろこいつは、いい奴すぎて困ったものだ。常識人だからなあ。これはホメ言葉なんだよ。

「私は犬が死んでも猫が死んでも泪を流します」

ははあ、こいつ、まだ怒っていやがる。廣介が考えていたことは、よく分かっているつもりだ。彼は真剣になって、オレのことを思って怒ってくれていたんだ。

「おまえはなあ、坂口の脱線を助長するような茶坊主しか寄り付かなくなり、早晩、この調子で行くと破局が来るのは決定的だって、嘆いてくれていたそうだな。ありがとうよ、でもなあ、みんないい奴なんだよ。それに別にあいつらがいなくったって、オレの生き方が変わるわけじゃないからな」

すると、まるでオレの言葉が届いたように彼は即座に答えた。

「あなたはそれでいい。でも、私はあの茶坊主どものツラを見たくないからね。あなたの葬式には出ませんよ」

「いいさ、そんなもの。葬式になんか来なくても。オレはどこにでも出かけられるからな。自由なんだ。いい気持ちだ」

このあたりのことを、やはり坂口安吾の盟友ともいうべき大井廣介は、愛憎を込めて次のように書いている。

……葬式には行かなかったが、私の内では坂口がほおえんでいるのにでかけるにあたらないと思った。絶交にこだわってはいない。終戦直後その時は坂口が早合点で私に絶交状を寄越した。半年ほどすると僕も忘れた。君も忘れたはずだ。なつかしくてならないとき、私が決して忘れない性質なので君も忘れた筈だ、の件りを消して寄越した。このままで坂口を殺すと私は暗然としていた。事新しく泣かないでも終始泣いていたも同様だ。折にふれ泣きもしよう。まとめてワアワア泣かなかったダケだ。坂口の大バカヤロオ。(「戦時中の坂口」)

オレと会話しているような調子だが、独り言を言って怒っている大井廣介のそばを離れて、安吾は久しぶりの東京を闊歩する。おや?井伏鱒二と檀一雄が何か話し込んでいるぞ。珍しく興奮した口調だ。声が震えている。

「坂口君が死んだというのをね、朝の七時にS君から聞いたんだけど、何だか、ドタリと音がしたね」と井伏。

「ドタリというのは実感がありますね。いや実は二週間前ぐらいに電話で話をしたんですよ。出版社から桐生の案内を頼まれましてね、どうせ桐生に行くなら会いたいと思って電話を入れたんです。そしたら珍しく本人が直接出たんですよ」と檀。

「ほう、そのときは元気だったんだね」

「ええ、でも、いや、ご本人が桐生で会うより東京で会おうよ。二、三日うちに君の家に回る。ケガの全快祝いもやろうじゃないかって、バケモノ並の元気そうな声で言うものですから、心待ちにしていたら、そのまま十日たっても現れないんで、とうとうそのままになってしまいました」

そうか、そうか、檀とそういう約束をしたことは覚えている。しかし「安吾新日本風土記」の取材で急に高知まで行かなくちゃならなくなって、取り紛れてしまったんだ。許せ、許せ。悪かった。しかし、オレのことをバケモノとは、よく言うねえ。

そして、井伏鱒二。こいつは偉い奴だ。中国のあまり名前を聞いたことがない奴の詩を翻訳して、自分の詩にしてしまっているからな。「サヨナラダケガ人生ダ」なんて、泣かせやがる。でも、人気のあるこの詩じゃなく、オレはもう一つの翻訳詩の方が好きで気に入っているんだ。ええと、何だったっけ、そう、そう、

「外ニ出テ見リャ当テドモナイガ／正月気分ガドコニモ見エタ／ケレドモ会ヒタイ人モナク／阿佐谷アタリデ大酒ノンダ」

だったかな。中国のどこに行ったたって、阿佐谷なんて地名があるものか。そんなところを、お構いなしに堂々と翻訳詩だと言って発表してしまうところが偉い。

その井伏にドタリと音がしたと感じさせたというのだから、オレも満更じゃない気持ちになっている。昔からオレはお世辞に弱い男だから、お世辞を言うくらいなら皮肉の一つも言ったらどうだ、と、てんで受け付けないふりをしてきたが、檀が言うように、ドタリには実感がある。バケモノという言い方も嫌いじゃない。檀の愛情というかなんというか、オレへの好意に満ちている。こういうのに、オレは弱いんだ。

あれ、オレは死んじゃっているんだから、こんなことに拘ることはないのにな。馬鹿は死ななきゃ治らないっていうが、死んでも治らないことがあるんだろうか。檀の言うように、オレはバケモノなんだからしょうがないか。

うむ、死んだからって、おとなしく穏やかになっちゃうことなんかあるまい。オレはオレなりに死後を過ごせばいい、と安吾は思った。そして何の脈絡もなく、自分が若いころに書いた文章の一節を思い浮かべた。

人間は何をやりだすか分からんから、文学があるのじゃないか。歴史の必然などという、人間の必然、そんなもので割り切れたり、鑑賞に堪えたりできるものなら、文学などの必要はないのだ。(「教祖の文学」)

瞬間、小林秀雄がそばにいる。相変わらず難しそうな顔をしているな、と安吾は思った。しかし、これはこれでいい。オレは「教祖の文学」の中で、たしかに小林秀雄を「仏頂面」だと悪口をいい「公式主義、定石主義、常識、保守」とさんざんにやっつけたが、根は親切で優しい奴だと褒めることも忘れなかった。

いつか彼が新潟かどこかへ講演に行くとき、オレは法事で同じ列車に乗り合わせたことがあったっけ。二人で食堂車を占領して酒を飲み、二人とも気持ちよく酔っ払ったが、降りるとき、オレの重い荷物を持って運び出し、見送ってくれたものな。そして「教祖の文学」は、自分を褒めてくれた文章だ、と少し仏頂面を崩したっけ。

いや、小林をやっつけた奴はオレ以外にもいる。そうだ、こいつも仏頂面ばかりしている奴だった。花田清輝。どうしている？

あ、いた。相変わらず気難しい顔をしていやがる。こいつはオレより手厳しいことを書いていたな。「小林秀雄は達人であった。少なくとも達人のように振舞ってきた。一度も批評したことがない。彼は芸術の神妙を語ってきただけだ」と。

ちょっと面白い奴だ、と思ったから「一度、桐生に遊びにいらっしゃい」と誘ったことがあったけど、来なかったな。その代りオレのことをこう書いた。

……最も坂口の心をひくものは、火あぶり水責め、穴つるし、その他諸々の処刑の方法と、死にのぞんで信者の肉体の示す一挙一動なのである。しかし、やがて転機がくる。おのれの肉体に爆弾の洗礼を受けることによって、むろん、坂口は、それまでのかれの魂と肉体に関する知識に、なに一つ、新しい知識を付け加えたわけではないのだが、魂と肉体の分裂を、かれのいわゆる鬼の眼で、冷然と観察する術を身につける。(「動物・植物・鉱物」)

これには参ったねえ。いちいち、オレ本人よりよく分かっていやがる。まあ、普通の人間なら何を書いているんだかわかんないような文章に思うかもしれないが、そこが彼のいいところなんだから、しょうがないだろう。

他に誰かいないかな。いたいた、福田恆存が相変わらず気取った表情で歩いてやがる。こいつはなかなか頭がいいので、いつも感心させられるが、どうも真っ当すぎて面白くない。真っ当な顔でおちょくることも平気でやるところがいい、とも言えるが、あるとき、だしぬけにこう質問してきたことがあった。

「これは愚問なんですが、あなたの小説よりエッセイのほうが面白いと言っている人がありますが、どう思われますか」

「そんなことがあるもんか、小説の方がずっと面白いよ」

即座に憤然としてオレは答えた。

愚問だと思うならしなきゃいいのに。まあ、いつもこんな調子なんだ。きっとこの質問は前置きで、拳闘でいえばジャブみたいなものなのだが、ストレートが苦手なんだろうな。花田清輝もそうだけど、花田はそれがストレートなんだからしょうがない。福田の場合はモラルとかマナーのような感じでジャブを繰り出してくるのがうっとおしい。

この辺のところを福田恆存は、次のように書いている。

……ぼくはかさねて第二問を用意してゐたのだが、邪魔がはいってきゝそこなってしまった。第二問というのは、坂口安吾は評論を書くことによって損をしているのではないかといふことだ。自分の作品の楽屋をさらけだしてしまふといふ意味だ。これも愚問であって、すでに答へは明白である。——そんなことがあるもんか、だ。(「坂口安吾」)

あ、大岡昇平がいる。ずいぶん後輩だけれど、こいつには世話になったし、良質なインテリだから話が合う。昭和七年ごろ京都を放浪した折、学生だった彼はオレに下宿を世話し、なによりもうまい酒を飲ませるおでん屋を紹介してくれたものだ。

小説はたいしてうまくないが、そこそこ誠実な魂が伝わってくるところがいい。人を見る目も花田や福田とは違う視点で面白いが、彼はおそらく「安吾は評論やエッセイより小説の方が本領の人である」と信じてくれている一人だろう。小説以外のものはきっと、文学とは別のところで、評価してくれるに違いない。

この辺のところを大岡昇平は次のように書いている。

……「堕落論」から「巷談」に到る彼のエッセイは、それほど条理の通ったものではないが、その独断的な論理を支える気質的な粘着性が、一種の説得力となって現われている。坂口安吾という丸太棒が、きびしい戦後社会の混乱にめげず、どかりと一本ころがっている、そういう孤独な安定感である。(「放浪者坂口安吾」)

いろいろな奴に会った。まだ、いろいろ会いたい奴はいるが、そろそろオレの通夜が始まっている頃だろう。急いで安吾は桐生の自宅に戻った。

もう、みんな通夜の酒を飲んでいる。ちょうど檀一雄も着いたところだ。B社の編集者が檀の手を引っ張って白布をかけたオレの遺体の前に連れてゆく。

「見なさいよ、見なさいよ。いい死顔だから」

「この場所は去年、安吾が素ッ裸で昼寝をしていた同じ場所だ。まったく同じ向きに眠っている」

檀が妙なことに感心しているのにお構いなく、B社の編集者が白布を指でつまみあげ、

「ね、機嫌のいい時の顔だろう。ホラ、何か、一言いいだすときの顔だろう」

と言っている。泣き出しそうな顔をしている。

檀は何も言わなかった。無言でうなずき、オレの顔をじっとのぞきこんで、手を合わせたが、オレには彼がそのとき思ったことが手に取るようにわかった。

あれは檀と一緒に信州旅行をしたときのことだ。アドルムを大量にあおり、泥酔酩酊して、深夜、上高地を自動車でぶっ飛ばし、鈴蘭小屋をぶっ飛ばして警察のブタ箱にぶち込まれ、一晩ご厄介になって宿に戻ってきたら、桐生から綱雄が生まれたという電話が入った。檀の奴はその電話を聞いた

ときのオレの顔と遺体の顔が同じだと思っているのである。

ハッハッハ。こりゃ愉快だ。オレはあのとき、こんな顔をしていたのか——。みんなが酒が入っていろいろなことを喋っている。オレの作品のどれが最高傑作かという議論を吹っ掛ける奴もいる。初期がいいという奴もいれば、戦後のエッセイがいいという侃々諤々をやるのもいいが、オレの意見を聞いてみたらどうだい。

オレの最高傑作は、みんなに一番評判の悪い「吹雪物語」に決まってるじゃないか。そして、エッセイというのかなんか知らないけれど、オレの本当の気持ちを凝縮したものといえば「ＦＡＲＣＥに就いて」に決まってるだろう。

> ……ファルスとは、人間の全てを、全的に、一つ残さず肯定しようとするものである。凡そ人間の現実に関する限りは、空想であれ、夢であれ、死であれ、怒りであれ、矛盾であれ、トンチンカンであれ、ムニャムニャであれ、何から何まで肯定しようとするものである。否定をも肯定し、さらに又肯定し、結局人間に関する限りの全てを永遠に永劫に永久に肯定肯定肯定して止むまいとするものである。

エッセイの方で「堕落論」に人気があるようだが、これは至極当然、当たり前のことを言っただけで、それほど感心されるようなものじゃない、とオレは思っている。ただ、こんな当然のことを分かっていない連中が多いのは困ったもんだな。これは最後の結びの文章だけ覚えていてくれりゃいいんだよ。

……堕ちる道を堕ちきることによって、自分自身を発見し、救わなければならない。政治による救いなどは上皮だけの愚にもつかないものである。

安吾は通夜に集まった友人たちに語りかけながら、自分が非常に穏やかな風と光と波に包まれているのを実感した。すべてを肯定している自分を好ましく感じていた。

――よし、いまからオレはこの風と光と波に乗って、自分が生きてきた生涯を、もう一度たどる旅に出発しよう。何しろ、あっちこっち命がけだったものだから、冷静に自分がその時その時、どうだったかを、覚えていないものな。プレイバック、プレイバック！

第一章　炎のフラッシュバック

一　長崎県大村

ふつう自分の生涯をもう一度たどろうとする場合、それは自分が生まれた場所に起点を置くものだろう。だったら、安吾はまず新潟に向かわなければならない。それが当たり前というか常道だろう。安吾本人もそのつもりだったはずである。

しかし、自分の通夜の情景を眺めてから自分の生涯をもう一度たどる旅をしてみようと、安吾が走り出したのは、生まれ故郷の新潟へではなく、とんでもない方向だった。

西へ、西へ――。名古屋、京都、大阪、広島を一挙に飛び越えて、あっという間に関門海峡を渡る。安吾自身が意識して走り出したわけではない。自分の一生をもう一度生き直してみようと思ったとたん、彼の魂は猛然と風のように走りだしてしまったのである。

その姿を、もし見ることが出来たとしたら、それは彼が書いた文章そのままだったろう。

花の下の冷たさは涯のない四方からドッと押し寄せてきました。彼の身体は忽ちその風に吹きさらされて透明になり、四方の風はゴウゴウと吹き通り、すでに風だけがはりつめているのでした。彼の声のみが叫びました。彼は走りました。何という虚空でしょう。(「桜の森の満開の下」)

「何だ、何だ、どうなってるんだ、どこだ、こりゃ」

人間、生きている間はびっくりすることは何度でもあるが、死んでからもびっくりさせられちゃかなわねえ。と安吾は思ったが、自分がわけも分からぬうちに連れてこられた場所を知って、ようやく事情が理解できた。

長崎県大村市坂口村（現・坂口町）――。オレの先祖は肥前唐津の陶工だったことは聞いているが、唐津といえば佐賀県じゃないか。と一瞬、安吾は首をかしげたが、地名が自分の姓と同じ「坂口」とあるので、すぐに分かったのである。

そうか、唐津の陶工としての先祖より以前、坂口一族の発祥の地は、長崎の大村だったんだ。たまげたね。死んでからも新しいことが分かるんだ。生きているうちの人間って奴は、本当のことを何も知っちゃいないのかもしれないな。

と安吾は妙に感心しながら坂口村を中心に、雲一つない晴天の大村周辺をくまなく歩き回った。ううん、いい気持ちだ。死後の世界に曇天や雨の日はないのかもしれない。

まず、長崎中央地域の最高峰・経ケ岳の景観、ここを水源として大村湾に注ぐ郡川《におりがわ》の興趣に富んだ流域、そして扇状に広がる大村平野の要に位置するわが故郷の故郷・坂口村を確認する。

ここが坂口一族のいちばん古い拠点か。ん？じゃあ、その前はどこだ？始まりの始まりは何処だ。それは朝鮮半島に決まっているじゃないか。オレの遠祖は朝鮮半島から海を渡って、この地にたどりついたに違いない。流れ流れて、放浪の末の末の末の、一時しのぎの安息の地だったのだろう。もともと安吾は〝放浪者〟だった。何物にも捉われずに思うがままに生きることを身上としてきた。だから自分の先祖にも放浪の姿を求めるのだろうか。しかし、すでに現世から離れてしまった安吾は、すべての束縛を離れ自由自在、まさにそれは〝風博士〟そのものだった。

果たして風となったか？然り、風となったのである。何となればその姿が消え失せたではないか姿見えざるは之即ち風である乎？然り、之即ち風である。何となれば姿が見えないではない乎。これ風以外の何物でもあり得ない。風である。然り風である。風である風である。（「風博士」）

こんな文章を書く人間も、こんな文章を雑誌に載せる人間も、それを読んで激賞する人間もいるのだから、世の中、満更じゃないと思わなくてはなるまいが、ここではそれについて詳しく記す余裕はない。後に章を変えて詳述するとして、牧野信一が激賞した文章の抜粋だけを味わってほしい。

これを読んで憤《おこ》ろうたって憤《おこ》れる筈もありますまいし、笑うには少々馬鹿馬鹿し過ぎて、さて何としたものかと首をかしげさせながら、だんだん読んで行くと重たい笑素に襲われます。（中略）私は、ファウスタスの演説でも傍聴している見たいな面白さを覚えました。奇体な瓢逸味と溢るるばかりの熱情を持った化物のような弁士ではありませんか。（中略）作者の名は坂口安吾です。私にははじめての、これ以外には未知の人ですが、この作者は今後も屹度愉快な――分かりにくい作品を発表して屡々私に首をかしげさせるだろうと思いました。（「『風博士』／『学生警鐘』と風」）

いずれにしても、風のようになってしまっている安吾は、時空を超えて坂口一族の発祥地を心ゆくまで散策したわけだが、その途中で忘れていた過去が思い出されてきた。

待てよ、この長崎の大村地域については以前詳しく調べたことがあるぞ、と安吾が気付いたのは、いまでは市内のキリシタン巡礼の観光ルートになっている「妻子別れの石」「獄門所跡」「胴塚跡」「首塚跡」などを辿ったときである。

まぎれもない。オレの代表作になるはずだった「島原の乱」。あれは大東亜戦争が始まった年だったから昭和十六年か。オレは夢中になって長崎、島原、天草を徹底的に取材したものだ。その折、大村藩の隠れキリシタン弾圧の歴史も洗い出したことがある。何しろ日本初のキリシタン大名は、この地の大将・大村純忠だったんだから――。

でも歴史というものは残酷なもんだ。豊後の大友宗麟、肥前の有馬晴信より早くキリスト教に帰依した大村純忠だったが、その没後、徳川幕府のキリシタン禁制の圧力は大きく、後の大村藩による隠れキリシタンへの弾圧は、一通りではないほど過酷だった。打首四百六人、牢死七十八人、永牢二十人に及んでいる。

それ以前、島原の乱に参加して天草に渡って散った長崎・大村のキリシタンの数も半端なものじゃない。信長・秀吉の時代に敬虔なクリスチャンとして八十三歳で逝った純忠がもし生きていたら、この現実を見てどのように嘆き悲しんだろうか。

おお、あった、あった。その大村純忠の終焉の地、これが何と「坂口館」と名付けられている。以前調べたときもそのことを知っていたはずだが、まさか自分の先祖にかかわるとは思ってもみなかった。ははぁ、そうか。オレがついに世に出なかった「島原の乱」を夢中になって書いたのも、先祖の〝血〟のようなものがあったのだろう。

うむ、いま思い出しても腹が立つ。あれは大井廣介が悪い。オレは「島原の乱」について現地取材はもちろんのこと、古本を山のように漁ったり、図書館に通いつめて、だれよりも島原の乱について知っているという自信があった。

でも、これをもとに自信満々、一気呵成に描き上げた大傑作に、何と大井廣介がケチをつけやがったので、オレは怒ったねえ。彼のことだから、いつものようにオレの期待以上に褒めたり感動してくれると思っていたもんだから、カッとなっちゃって、折角の大作を破いて捨てちゃったんだ。まあ、オレの短気と甘えも問題だが、あれは廣介が悪い。

このあたりの事情を村上護は次のように書いている。

構想としては「島原の乱」と題する上下二冊の大著になるはずで、大観堂が企画し「史文学叢書」に入れることを決めていた。が、うまく書けなかったようで、当時を良く知る大井廣介は「島原行は『島原ノ乱雑記』という随筆になったきり。実は私のうちの二階で、百枚ほどかき、大傑作だとみせてくれたが、私がお世辞を言わなかったので腐り、河に流したそうだ」と回想している。（「安吾の作品世界―歴史小説・文明批評」）

これが世に出ていれば、多くの人が「あっ！」と驚いてくれただろうな。口惜しい、口惜しい、百万べん口惜しい。でも、オレが島原半島の南端にある原城址を訪れたときの記憶は、いまも鮮明に残っている。廃墟のすがすがしさというか、オレ好みのあっけらかんとした美しさには、文句なしに感動したものだ。

だから奇想天外、これまでだれも考えていなかったはずの島原の乱が書けたのに、本当に惜しかった。風呂のタキツケなんかにするんじゃなかった。え?·廣介は河に流したって言っているのか。まあ、どっちだって同じようなもんだ。

ダブるようだが、先に引用した村上護の大井廣介の言葉をもう一度、大井廣介自身の書いたものと比較してみると次のようになる。

大観堂から「島原の乱」上下二冊を書きおろしたい。ついては島原にでかけたい。いちいち大観堂を説いて承諾させると、すぐでかけたい。何故ならば夏が迫り背広は合服しか持たないからすぐでかけたい。島原行きは「島原の乱雑記」という随筆になったきり。実は私のうちの二階で百枚ほどかき、大傑作だとみせてくれたが、私がお世辞を云わなかったので腐り、河に流したそうだ。彼が河に流した、風呂のタキツケにしたというのは同義語だった。(「戦時中の坂口」)

いや、だけど「安吾史譚」として天草四郎も書いたし、いまさらグダグダ言ったって始まるまい。まあいいとしよう。「天草四郎」を書いたとき、編集者が大いに気に入ってくれたものな。あの美少年の英雄を「頭の悪いテロ少年」と決めつけてやったときはユカイだった。こんなことを書く奴は日本広しといえどもオレぐらいしかあるまい。

高税に涙のかわくヒマもない農民をなぜ助けるように努めなかったか、それが少年四郎の考えならば、いかにも頭の悪い熱血的テロ少年で、末世に発生しやすい独裁思想のうけうりを、正しくて聡明な少年がやる筈はないものだ。

このように頭が悪くて、妙に演技には長じている知識犬の少年が天人になって衆望を博するような時に、良識は無力であり、良識の目は哀しくそれを見守るのがいつに変わらぬ宿命であるかも知れぬ。(「安吾史譚・天草四郎」)

しかし、この「安吾史譚・天草四郎」を奇想天外なお話として見るのではなく、原城址を眺めながら安吾をしのび、そこに安吾の宿命を見る人もいる。

廃墟はすがすがしいものである。とくに日本の廃墟は土の上に石が残っているだけだから。安吾は書いている。

——実に平凡な、妙に宿命的なジャガ芋畑だ。

空壕の下に小ジンマリと耕された畑を見ているうちに笑いがこみあげてきたという。私も安吾が見たジャガ芋畑を眺め、同じ感想を持った。ただし三百数十年前の反乱に対して抱いたのではなく、昭和二十年代の流行作家に対してである。（中略）

実に平凡な、妙に宿命的な……

安吾は自ら自分の一生をこの句で要約したように思える。（野呂邦暢「原城址にて—愚行と宿命」）

坂口一族発祥の地で、安吾はしばらく日の目を見なかった自作「島原の乱」や「天草四郎」をしのんだが、やがて再び大村市をうろつき、いまは大村公園となっている旧玖島城の跡の桜が満開のとき、またこの地を訪れようと思った。

そして大きく大村地域の山河を俯瞰して、この風光を形成した百万年前の多良系火山の活動を思った。さらに旧石器時代からこの地に住み着き営々として生き継いできた自分の先祖を思った。

——分かった、オレのじいさんの、そのまたじいさんの、またまた、そのじいさんの、じいさんの、じいさんの……だいたいのことは分かった。ここから、またオレは放浪をつづけなければなるまい。

二　佐賀県唐津

やがて安吾は佐賀県唐津に来ている。

自分のルーツをたどる旅は、予想もしていなかった長崎県大村市の坂口一族の発祥地から始まったが、そこから佐賀県唐津はそれほど遠くはない。いつの頃長崎・大村から佐賀・唐津に坂口一族が移ってきたかは分からないが、それは大した問題ではないし、どうでもいいことだろう。

問題は安吾の祖先が発祥の地である長崎・大村に定住せず、この唐津の地で陶工という仕事をしていたということだ。そのことは、安吾も幼いころから誰にともなく聞かされてきたが、いままで重要なことだとは思ってもみなかった。しかし、長崎・大村という自分の原点とでもいった場所を巡ってきたいま、佐賀・唐津は微妙なさざ波のようなときめきを安吾に与えている。

死んでからも胸がときめくことがあるということが安吾には嬉しい。おそらく、わが祖先は創作的な仕事に打ち込んで北に移動したのだろう。唐津は焼き物のメッカである。そこで存分に腕を振るった。そこに安吾は自分の〝血〟を見ないわけにはいかなかった。

何物にも束縛されない自由、自分がやりたいことだけ夢中になってやれる自由、そこからは風のように移動する奔放自在の姿勢が生まれる。一所不住。地縁、血縁など糞くらえ。直観によって走り出し、走り出してから考えればいいのだ。と思いながら、安吾はそこに自分の血縁を意識する矛盾に苦笑した。

このあたりの安吾の根本的な姿勢を佐伯彰一は、奥野健男、村松剛との鼎談で現代作家論をやった折の事を回想して、次のように述べている。

「安吾さんの時流を突き抜けた個性の勁《つよ》さ、見事さが、くっきりと浮び上がる。それも、肩肘いからせて凄んだりすることなく、いわばブラリ着流し姿で、時流の外側にすっと抜け出てしまう。何とも言えないイキの良さ、水々しさであった。（中略）これには、当時の安吾さんの、いわば一所不住の放浪生活という背景を見落としてはなるまい。（中略）安吾さんについて、当方が天性の「エグザイル」、さらには「東洋型エグザイル」といった呼び名を用いたことは、今でも忘れない」（「安吾文学のイキの良さ」）

安吾は長崎・大村と同じく、唐津の周辺をくまなく歩き回った。まず何よりも先に玄海灘を望む唐津の北端に立つ――。ひきつづき、どこまでも晴れ渡っている空。

安吾には見える。遠望できる壱岐、対馬。その彼方にある朝鮮半島。ここに安吾はさらに深い自分のルーツをイメージする。坂口一族だけではなく、日本人全体のルーツが朝鮮半島にあるという考えは、いまに始まったことではない。この天性の放浪者は、若いころから常に中国大陸と地続きの日本に一番近い朝鮮半島は、郷愁を誘うエトランゼだった。

安吾にはすでに見えていた。いまではもう当たり前の定説にもなっているが、日本の歴史以前に、朝鮮半島や大陸、南方方面からあらゆる人種が日本に移住し、入り混じって生存していたであろうことを――。


朝鮮半島にはコクリ、クダラ、シラギという三つの国が対立して争っていた。その半島から未開の日本へ移住した人々は、本国の戦争や暮らしにくさを避けて安住の地をもとめるのが移住の目的であったのに、未開の日本がひらけて次第に暮らしにくくなると、結局元のモクアミとなって、本国を背景にし、本国の政争をこの地に移して争っている自分を見出さざるを得なかった。（「安吾史譚・柿本人麿」）

国史以前に、コクリ、クダラ、シラギ等の三韓や大陸南洋方面から絶え間なく氏族的な移住が行われ、すでに奥州の辺土や伊豆七島に至るまで土着を見、まだ日本という国名も統一もない時だから、何国人でもなく、ただの部落民もしくは氏族として多くの種族が入りまじって生存していたろうと思う。そのうちに彼らの中から有力な豪族が現れたり、海外から有力な氏族の来着があったりして、次第に中央政権が争わるるに至ったと思うが、特に目と鼻の三韓からの移住土着者が豪族を代表する主要なものであったに相違なく、彼らはコクリ、クダラ、シラギ等の母国と結んだり、または母国の政争の影響をうけて日本に政変があったりしたこともあったであろう。(「安吾史譚・道鏡童子」)

この安吾の持っていた「安吾史譚」の中の道鏡や柿本人麿での歴史観を取り上げ、奥野健男は、江上波夫の「騎馬民族征服王朝説」と並ぶ革命的古代史観と激賞している。

流行作家生活は、安吾を酒、睡眠薬、覚醒剤などの中毒と躁鬱病に陥らせたが、その中で見事な「安吾史譚」「安吾新日本風土記」「安吾新日本地理」などを書く。これらは日本の古代史を中心とする、今日も歴史家が超えられぬような、革命的歴史観を含んでいる。(中略)絶えず中国、そして三韓を中心とする朝鮮半島の情勢が決定的な役割を演じていることを早くも見抜いているのだ。ぼくはこの「日本古代史観」エッセイだけで司馬遼太郎（中略）と並ぶ、あるいは凌駕するような先見性、認識性を持っていたと思う。（「安吾の作品世界―評論・エッセイ」）

若月忠信もこの安吾の思いを次のように記している。

遠祖は備前唐津の陶工だったという。安吾の古代史観には、つねに朝鮮半島が視野に入っていたから、彼自身も遠祖の祖は、海の彼方の半島からやってきたと考えていたようだ。（「安吾トライアングルの風景」）

唐津焼一つをとっても、そんなことはすぐに分かるじゃないか。唐津焼の歴史は、安土桃山時代から始まったとされているが、体裁が整ったのがその頃であったとしても、実際の朝鮮との交流が、そんな昨日、今日の話じゃないことは、どんな間抜けにも理解でなきゃ嘘だろう。

早い話が唐津焼は李氏朝鮮から伝わったとされる技法が命だ。朝鮮唐津、三島唐津、奥高麗などに代表される唐津焼は、日本的なアレンジが加わっているといっても、すべて根っこは朝鮮半島じゃないか。

もう一つの佐賀県を代表する焼き物・有田焼、伊万里焼などと称される磁器にしても、もともとは豊臣秀吉の朝鮮出兵の折、鍋島藩主・鍋島直茂が連れ帰った李参平が始祖だ。どこからどこまでも目と鼻の先にある朝鮮半島が最も大きな日本のルーツであることぐらい分からなくっちゃいけない。と安吾は思い、急に頭に血が上ってくるのを覚えた。

ええい、口惜しい。ここに来てみると、オレは自分がやり残した仕事がいっぱいあったことが分かる。「安吾史譚」はもっと書いておかなければならなかった。先ほど訪れた長崎・大村の日本で最初のキリシタン大名・大村純忠のことも、いま立っている佐賀・唐津の人間国宝・中里無庵のことも、書こうと思えばいくらでも書けたではなかったか。

「安吾史譚」は文藝春秋の「オール読物」に八回だけしか連載していない。これはもっと続けるべきだったたな。と後悔しきりだったが、さらに大きな〝やり残しの仕事〟を思い出して、安吾は地団駄を踏んだ。

そうだ、オレはでっかい構想のもとに「安吾日本史」を書こうとして果たせなかったじゃないか。これは「島原の乱」のように書いてから破って捨てたものではない。まったくの構想倒れのまま引きずり、いつの日か必ず書くと心に誓っていたものだ。

なるほど、少しは信長、秀吉、家康、そして黒田如水など、歴史小説といわれるものも書いたことはあるが、そんな断片のような作品じゃなく、すべてを網羅するような大歴史小説を書きたかったんだ。これは「島原の乱」のように上下二冊に収まるようなものじゃない。十巻、いや、何十巻になるか見当もつかない。日本最大、いや、世界最大の長編小説になっただろう。

何しろ皇国史観をはじめとする数多くの、嘘っぱちばっかりの歴史認識が当然のように罷り通っている世の中に、さあどうだ！と放り出してやりたい作品を書きたかった。そうだ、やはり主人公は豊臣秀吉だな。なに？「太閤記」だと？オレは「真書太閤記」や「狂人遺書」をすでに書いているぞ。それじゃ、秀吉はやめた。そんなもんじゃない、そんなちっぽけなもんじゃない。大大大小説じゃ！

豊臣秀吉に対する安吾の思い入れの強さについて、村上護は次のように書いている。

最後の歴史小説になる「狂人遺書」（中央公論昭和三〇・一）の執筆をひきうけるときは、編集者に「秀吉だ。秀吉を書くよ。誰にも解ってもらえなかった秀吉の哀しさと、バカバカしいほどの野心を書くよ」と語ったという。（「安吾の作品世界――歴史小説・文明批評」）

安吾の興奮がおさまったのは、朝鮮半島を望む唐津の呼子の突端を離れ、唐津城の周辺を散策し、さらに見返りの滝、猪堀の滝、観音の滝などの、いまでいえば観光スポットとなっている名所を巡ってからである。

死んでしまったものが興奮しちゃいけねえ。身体に悪いと思ったわけではあるまいが、嬉野温泉に立ち寄って「ははあ、これが美肌になるので有名な温泉か」などと、のんびりとしているのを見ると、安吾本来の寛やかにすべてを肯定する心が取り戻せたらしい。

それは言ってみれば安吾が書いた「ふるさとに寄する讃歌」の冒頭に記された一節のようなものだったろう。これはプロローグでも引用した一節だが、何度でもいい。声に出して読んでほしい文章である。

私は蒼空《あおぞら》を見た。蒼空は私に沁みた。私は瑠璃色《るりいろ》の波に噎《むせ》ぶ。私は蒼空の中を泳いだ。そして私は、透明な波でしかなかった。私は磯の音を私の脊髄《せきずい》にきいた。単調なリズムは、其処《そこ》から、鈍い蠕《ぜん》動《どう》を空へ撒《ま》いた。

このような興奮と安静との振幅の激しい安吾の気質は、一つの病理として眺めなければならないだろう。幼いころから振幅のかなり激しい躁と鬱の両極を揺れ動く循環気質の特性を持っていたが、安吾の生涯を通して見ていくと、単なる躁鬱の循環気質というだけでは収まりきれない複雑さに満ちている。

これについて福島章は次のように述べている。

坂口安吾を対象とした病跡学的研究には、これまですでに、梶谷哲男氏と米倉育夫氏の労作があるが、これらの研究によると、安吾の病跡では、性格・病・薬物の三つの問題が複雑にからみあっていて、なかなか一筋縄ではいかないように思われ、さらに、この三つの根源に、ある種の精神分析学的考察が必要とされるように思われる。もちろん、この四つの問題点を混同させてしまうと、安吾の精神像というものは訳が解らなくなってしまう恐れもあるし、病中のエピソードから安吾の人物像を拡大解釈する危険もしばしば冒される。(「坂口安吾の病跡」)

このような面からの安吾研究も、もちろん必要だが、いまここではこれ以上触れるヒマがない。いずれこの気質というか、病気の問題は、これからたどる安吾の旅に、さまざまな形で表れてくるだろう。それが良いとか悪いとかという小さな了見ではなく、まるごとすべてを肯定する人間究極の問題として——。

安吾が唐津の地を巡回してようやく平静を取り戻してくれたいま、彼が自分の前史ともいうべき二つの地から、本当の自分の生誕地・新潟に早く走り出してくれるのを願うばかりである。

第二章　〝ふるさと〟へ辿り着くまで

一　美濃・溝口から加賀・大聖寺へ

「人間の死後は、いつでも晴天らしいや」

と呟きながら、大いなる光と風に包まれて、次に坂口安吾が訪れたのは、濃尾平野のほぼ中央に位置する愛知県中島郡溝口村（現・稲沢市）である。

どうも厄介なことになってしまった。今度こそ、安吾は真っ直ぐ自分の生誕地に向かうはずだと思ったのに、どうやら、お得意の迷走を始めたらしい――。

しかし安吾自身、自分が九州を離れ、東上を開始した時は、生まれ故郷の新潟に向かうものだとばかり思っていた。そうであるはずだと疑ってもみなかった。ところが彼が長崎の大村、佐賀の唐津を巡って、生誕の地・新潟に辿りつくまでには、なおしばらく時間がかかったのである。

「あまり帰りたくはないが、ま、いいだろう」

自分の生涯を、もう一度辿ってみようと思ったのだからしょうがない。そんな程度の思いで、安吾が死後の爽快な光と風と波に身を任せている姿を見ることが出来る人がいたとしたら、とびきりいい表情をしていたに違いない。

石川淳は「安吾のいる風景」という一文の中で次のように書いている。この文章は安吾の追悼文として傑出しているから、これからもたびたび引用するが、まず光と風と波に乗って死後も悠々とさすらう安吾をイメージしてほしい。

「人間の過去はいつでも晴天らしいや」

安吾はさういつてゐた。いくさのあひだ雑草まで食はされたやうな日のことでも、あとでおもひだすと、その日の天は奇妙にうららかであった。人間はくらがりの中に痩せおとろへてゐたくせに、後日につよくのこるものは太陽の光にほかならない。だまされているとは知りながら、おもひでの暦を繰ってみると、そこにはいつも風雨は消されてしまってゐる。そしてウソのやうな太陽の光は、安吾といふ人間に於いて、みじんも感傷といふウソの影を残さなかった。

とにかく生前の安吾がそうであったように、やたら各地をさまよい歩くのである。佐伯彰一が〝生来のエグザイル〟と安吾について指摘したことは至言と言っていいが、死後の安吾の放浪の仕方は、どうも彼の資質から生まれるものではないらしい。早い話が、彼が自分の通夜の席から、もう一度、生涯をたどる旅をしようと走り出した先が九州の長崎、佐賀だったことも、彼はまったくの想定外だったからである。
しかし、それさえも安吾にとっては自然の成り行きであり、何かわけの分からない人間が決めた常識から離れた自由の感覚だったろう。遍雲の風に誘われて、あてどのない旅に出ること、それは安吾の日常だったといって言えないことはない。いや、それは日本人の、いや、人間のあるべき姿でもあったろう。

もう一度、佐伯彰一に登場してもらおう。

なるほど「一所不住」の放浪生活、永遠の旅人といった夢と実行は、じつの所、まぎれもなく日本的伝統の一つで、西行、芭蕉といった名前がすぐ思い浮かんでくるのだし、すでに「万葉集」に数多い「覊旅」のモチーフから、現代の「演歌」に至るまで一貫して変わらない文字通り民族的な好みと言えるだろう。しかし、安吾さんの「エグザイル」ぶりは、そうした根深く幅広いパターンとは、一味も二味も違っていた。(「安吾文学のイキの良さ」)

「いったい、どうなっているんだ」

だから安吾は、唐津から新潟に向かうはずの自分が各地に立ち寄るたびに、そう呟かなければならなかった。

どうせ寄り道をするなら、ついでに福岡や大阪、京都に立ち寄ってみたいという気持ちもあったが、まず、自分の意思ではなく、いきなり持って行かれたような感じで連れて行かれた場所が愛知県の溝口村だったのだから、安吾がびっくりしたのも無理はない。

安吾にとっては見も知らぬ土地だから、まったく関心はなかったし、周囲を見回しても面白くもくそもないが、仕方なく周囲をブラブラさまよっているうちに、溝口城址の前に来た。これも何の変哲もない小さな城址である。

だが、溝口という名に、ふと、引っかかるものがあった。む、溝口秀勝だな、と直観したのも、彼が織田信長や豊臣秀吉にことのほか思い入れて作品化した折、その中に登場こそさせなかったが、いやでも目に付いた人物だったからだろう。そう気がついた途端、安吾はさまざまなことを思い出していた。

あ、こいつ、賤ヶ岳の合戦の後、加賀の大聖寺城主になった奴じゃなかったか。確か高田馬場の仇打ちで名をあげた赤穂浪士の堀部安兵衛が、こいつの曾孫か何か系類に当たるはずだ。だったら坂口家の遠祖と大いに深い関係がある。備前唐津で焼き物をやっていたオレの先祖が後に加賀・大聖寺に移って九谷焼を作ったという話は、昔、嫌というほど聞かされたものだ――、と安吾は思った。

ふむ、ふむ。これは面白え。どこへでも連れて行ってくれ。この気持ちが大切なんだ。ドテッと何か大きいものに身を任せ、自分を無にすることほど気持ちのいいことはない。何も考える必要なんかない、と思ったとたん、安吾は加賀の大聖寺に移っている。

ははぁ、ここが坂口家の先祖が唐津の陶芸の技術を結集し発展させ、九谷焼を創出したところか。九谷焼の歴史には様々な興亡があるが、初期の初期、大聖寺領の九谷村に良質の陶石が発見され、後藤才次郎が唐津、有田へ陶工の技術を仕入れに行ったのが始まりだ。その時、オレのおじいちゃんの、おじいちゃんの、おじいちゃんの、そのまたおじいちゃんあたりが指南役としてやってきたのだろう。ご苦労さん。

そのころの大聖寺の大将が溝口秀勝だった。こいつのことも書いておくんだったなあ、と安吾は思う。そうすれば、ひょっとしたら自分のルーツをたどる大長編歴史小説が生まれていたかもしれないのに――。でも、オレは自分の先祖とか親子とか家族とか、そんなものにはあまり関心がなかったからな。

それに出版社の連中も溝口秀勝なんかは目もくれないで、信長、秀吉、家康ばっかりに色目を使いやがるし、読者も読者だ。最高権力を握った奴ばっかり読みたがる。オレはサービス精神が旺盛だから、出版社も読者も喜ぶものを書こうと思うじゃないか。それが間違っていた。日本で大小説が生まれない原因はここにある。出版社もバカ、読者もバカなんだからしょうがねえか。そして、それに合わせて書いていたオレもバカのバカ、大馬鹿野郎だ――。

そういえば、これはオレの持論だったなあ。この辺りのことを福田恒存が皮肉に取り上げて解説してくれている。

かれ自身は「日本文学を支配する雑誌システム、短篇システム」に責めを帰してゐる。それが日本文学の私小説化を助成し「思想の幅を限定してゐる」といふのだ。さうでもあらうが、さういふ私小説に身を持って反逆した彼の作品もつひに思想小説としてのリアリズム文学の本道を歩みえなかったのは、いったいどういふ理由からであらうか。「短篇システム」といふことだけではあるまい。(福田恒存「坂口安吾」)

痛いことを言いやがる。彼は頭がいい奴だから正しいことを言うんだよなあ。だけど正しいことをいえばいいってもんじゃない。「私小説に身を持って反逆した彼の作品もつひに思想小説としてのリアリズム文学の本道を歩みえなかった」だと?大きなお世話だ。オレは書きたいもの、書かざるを得なかったものを書いただけであって、文学の本道とか何とか、そんなものには縁がねえんだ。
そこへ行くと花田清輝は違ったねえ。口は悪いが、まったくオレのことを正当に評価し、無茶苦茶にやっつけながら、おだてあげたものだ。あれは確か大井廣介宛の書簡の形をとった〝坂口安吾論〟だが、オレを猪に、廣介を豚に見立てていたところが気に入っている。

歯にきぬきせぬ失礼をおかし、敢えてわたしの憶測を口ばしるなら、大井君、そのものは、豚、いや、いっそう科学的に厳密を期すなら、ほとんど家畜化されてしまったアジア産の野猪、スス・ヴィッタートゥスの末裔のことではないかと思うのだ。（中略）しかし、はたして坂口は豚であろうか。（中略）いまだにわたしの胸中に、あるいは猪かもしれない、という一抹の疑念が、絶えずもやもやとくすぶりつづけているのである。いうまでもなく、豚といっても、ただの豚ではなく、猪といってもただの猪ではなく、いずれも神通力をもっており、どちらに変形したところで、坂口の真価には、何の影響もないにちがいない」（花田清輝「動物・植物・鉱物」）

こういわれると気分がいいや。オレはお世辞に弱い男だが、ただ褒められりゃ舞い上がってしまうような馬鹿じゃない。相性だな。福田恒存だってオレのことを褒めてくれているんだけど、どうもスッキリしない。そこへ行くと花田清輝はオレを豚だとか猪だと言って大いに笑ってやがるんだが、ふむ、ふむ。それで?ってもっとお世辞を聞きたくなるじゃないか。

――いい気なものである。大聖寺領の九谷村周辺をさまよいながら、いつの間にか安吾は溝口秀勝への関心から離れて日本の文壇というか、それを支えるジャーナリズムというか、安吾に言わせれば、何だかインチキくさい人間の組織、機構といったものに対する批判と、その中で良質な筆をふるっている人間への追憶にひたっている。

まあいいや、どうせ急ぐ旅じゃない。どうも、これまでのわが身の持って行かれ方について、坂口一族の新潟までの足跡を辿らせようとしているのだなと気付いた安吾は、気楽な物見遊山の気分にさえなっていた。

もう、九谷焼はいいや。先祖が作ったこの焼き物より、オレは大樋焼の方が好みなんだが、などと勝手なことを思いながら大聖寺周辺をぶらつく。ここは大したものだ。加賀百万石の支藩といっても、ナンバーツーの位置にあるのだろう。南北朝時代からの歴史を持つ大聖寺城は、幾度かの変遷があったにしても比較的しっかりとした残影があるし、町並みも江戸時代を充分に彷彿させるじゃないか。

ただ、大聖寺城の中にある茶室・長流亭か、あれはいただけない。小堀遠州の設計だか何だか知らないが、あれを有難がる人の神経が分からない。そりゃ、立派なものだよ。数寄屋造りの、粋な茶人が見たら垂涎の的となるような茶室だが、そういう連中には価値があっても、オレにはピンとこないんだ。小堀遠州ぐらいの男だ。もっと前衛的にやってほしかったねえ。

竜安寺の石庭が何を表現しようとしているか。いかなる観念を結びつけようとしているか。タウトは修学院離宮の書院の黒白の壁画を絶賛し、滝の音だと言っているが、こういう苦しい説明までして観賞のツジツマを合わせなければならないというのは、なさけない。蓋し、林泉や茶室というものは、禅坊主の悟りと同じことで、禅的な仮説の上に建設された空中楼閣なのである。(「日本文化史観」)

まぁいいや、これもどうでもいい。だいたい溝口秀勝がこの大聖寺城主になった頃には、もちろんこの茶室はなかった。四万四千石だったというが、彼にとっちゃ一時の仮住まいの気分だったろう。信長、秀吉なんて奴は、手下の小大名なんか、いつどこへ飛ばしたって、何とも思っちゃいない奴らなんだから——。

ようやく安吾は自分の先祖に絡まる美濃の七武将の一人、溝口秀勝への関心を取り戻したようである。

二　越後長岡から金谷村へ

さあ、これからどうするんだ。溝口秀勝なら越後の新発田に六万石と出世するはずだから、オレのおじいちゃんの、おじいちゃんぐらいが新発田にくっついて行ったのかな。と安吾は思った。それにしても、だんだん新潟に近づいてくるじゃないか――。

ところが今度は自分があっという間に新発田についているという具合にはいかなかった。ふと気がつくと安吾は大聖寺を離れて、また見知らぬ土地にいる。え?越後長岡か。こりゃかなりオレの生誕地に近くなったな。

もう、安吾は徹底した観光気分にさえなっていた。だから気楽に周辺をブラつく。なかなかの街じゃないか。大したもんだ。それでも、オレとの関係は、一体どこにあるんだ。そこんところを教えてくれ――。

長岡城址も確かにあるが、これは溝口秀勝よりずっと後の時代のものだし、彼は新発田に六万石で初代藩主になっちゃった奴だから関係ないだろう。でも溝口って奴は一族郎党ばかりでなく、出入りの商人まで引き連れて移動するので有名だったから、どうも、うちの先祖たちは大聖寺までぐらいまでで、溝口とは離れたのかもしれない。

要するにオレはどうも坂口家の先祖がたどった道を歩かせられているらしい。言ってみれば坂口家の〝ふるさとへの旅〟だ。うむ、オレはけっこう〝ふるさと〟という言葉を使ったものを書いたなあ。兎追いしかの山、小ぶな釣りしかの川、というような故郷には興味はないし、まさに「ふるさとは語ることなし」だが、人間の根っこの根っこの根っこの、そのまた根っこにある「ふるさと」については、大いに語らなければならない。

オレはシャルル・ベロオの赤頭巾ちゃんの話や「伊勢物語」の最愛の女を鬼に食われてしまった話に、人間のふるさとを感じる。

思わず目を打たれて、プツンとちょん切られた空しい余白に、非常に静かな、しかも透明な、一つの切ない「ふるさと」を見ないでしょうか。……何か、氷を抱きしめたような切ない悲しさ、美しさであります。（中略）生存の孤独とか我々のふるさとというものは、このようにむごたらしく、救いのないものでありましょうか。

この暗黒の孤独には、どうしても救いがない……そうして最後に、むごたらしいこと、救いがないということ、それだけが唯一の救いなのであります。（「文学のふるさと」）

どうだ、ふるさとを語るということは、こういうことを言うんだ。それに引き換え、いまのオレはまことに能天気だ。

何代前か知らないが、自分の系類の後を辿らせられて、ヘラヘラしているようじゃしょうがない。でもまあいいか、生きているうちは、そんなことには見向きもしなかったオレだが、まあいいさ、何でもありだ。

文句をつけながらも、安吾はいい気持ちそうである。

と、いきなりまた道が開けた。長岡は坂口一族にとって、それほど重要な位置ではなかったらしい。安吾は光と風に身を任せたまま、次の放浪地を待った。

すぐに安吾は金谷村（現・新津市金谷）にいる。と書きたいところだが、この新津市は二〇〇五年に新潟市に合併されて、今では新潟市秋葉区となっているので、現・新津市金谷というのは、正確には当時・新津市金谷としなければならない。厄介なことである。

もともとここは新潟市に隣接した県内有数の都市だったし、今では磐越自動車道に乗ると、車で十分もかからない至近距離だが、安吾がやってきたのは、まぎれもなく旧新津市である。

それでも昔の面影はないが、ここは坂口家の本拠地だった。だから安吾にもすぐわかった。ここは父親の実家があったところだ。オレのおじいちゃんのところだ。ほう、近づいてくるわい。オレの生まれたところへ——。

安吾には「余計なことを言うな」と怒られるかもしれないが、この旧新津市大安寺は安吾の本籍地である。父親の仁一郎はここで生まれ、ここで育った。坂口家という家系を語るなら、安吾より、生誕の地・新潟市より、ここの方がポイントになるだろう。ここに定住するようになってから、坂口家はちょっと他に類例がないほどの権勢を誇る大資産家として知られるようになった。

「阿賀野川の水が尽きても坂口家の財産は尽きない」とか「坂口家の小判を一枚づつ重ねれば、五頭山の頂よりも高くなる」「津川の金橋が落ちても、坂口家の財産は落ちない」などと、この地の俗謡に歌われたというから、その程度が分かるだろう。

もっとも安吾に言わせれば「大したことじゃない。本間様には及びもないが、せめてなりたや殿様に、と歌われた本間家にゃかなうまい」と、日本一といわれた山形県・酒田の地主を引き合いに出して蔑んだかもしれない。

新津市大安寺二は、坂口一族の墓所がある。大安寺とは地名で、菩提寺は近隣の村松町にある。一族の墓を屋敷内に構えることのできた大豪族だった。（中略）仁一郎の屋敷と建物の一部は村の小学校になったが、統廃合でいまは空き地になっている。そこに立つと、仁一郎の雅号五峰にゆらいする五頭連山や阿賀野川、近くの秋葉山が見渡せる。先祖の或る者は、冬の最中でもこの秋葉山で自家製の花火をあげた。（「安吾のトライアングルの風景」）

ここで、別に張り合うつもりはないが、太宰治も津軽の、というより、南部を含めた青森全体から見ても、県下有数の大地主・津島家の系類であることにも注目したい。ジャーナリズムでは安吾と同じ〝無頼派〟などというレッテルを張って、織田作之助とともに似たような集団に押し込もうとしているが、太宰は両者に比べると、どうも線が細い感じは否めない。

いや、別に悪いと言っているわけではなく「家庭の幸福は諸悪の元」などという鋭い発言は、安吾にはできない繊細かつ精妙な真理であり、タダ者ではないことを認めた上で、この違いは、どこから来ているのだろうと考える人も多いことだろう。

その違いを、同じ境遇なのに、どうしてこうも違うのか、奥野健男が巧みに指摘しているのが面白い。

坂口安吾は（中略）十三人兄弟のうち十二番目の子供である。ちなみに太宰治は十一人兄弟のうち十番目の子供である。父、祖父らは衆議院、貴族院などの議員になり、政治に関与している。しかし太宰治の生家は津軽の明治維新の新興地主であるのに対し、坂口安吾の生家は越後代々の富豪、名門であった。（「自伝小説で辿る生涯」）

だから両者はこう違うのだ、と奥野健男は一言も言っていないが、なるほど、あ、そうか、と思わせる感じがするのはなぜだろうか。たしかに「家庭の幸福は諸悪の元」と安吾は言えないが、「道義頽廃、混乱せよ。血を流し、毒にまみれよ。まず地獄の門をくぐって天国へよじ登らねばならない」とは言える。これが明治維新の新興地主と、代々の富豪、名門との違いなのだろうか。

しかし、奥野健男は、別の文章で慎重に安吾と太宰の〝文学〟を戦中時代の空無化した自己意識を復活させた小説やエッセイだと位置づけ、その差異を明確にして見せるのだ。

坂口安吾と太宰治の文学は一見無関係、いや反対のヴェクトルを持つ文学に見えるが、実は表と裏と言ってよいような、相補う文学であった。（中略）ぼくたち若い世代は、この二人の文学者にだけ、ほんとうに生きた言葉を見出し、同じ仲間として共感し、敬愛し、のめりこんでいった。太宰の文学がマザーシップ、母親のように細かく優しいのに対し、坂口安吾の文学はファザーシップ、父親のように大きく厳しかった。（「安吾復活」）

何だかとても的確な解説のようにも思えるが、まあいい。このような解説は、太宰はともかく安吾に対してどうでもいいものだろう。まぎれもなく、それは系類の問題ではなく、両者の資質の問題だからだ。そんなことは決まり切っている。

太宰は「子供より親が大事と思いたい」と呟きながら桜桃の種を一粒ずつ並べる男だし、見栄も外聞もなく「芥川賞をください」と頼み回るような男である。安吾はそんなことは歯牙にもかけない。子供も親も同じ孤独な人間だと思っているし、芥川賞なんて、それこそ子供だましのような文学賞など、欲しいと思ったこともないだろう。

――少し話が横道にそれすぎたようだ。こんなことより、まったく久しぶりに訪れた金谷村をさまよう安吾の表情や姿を眺める方が大きな意味があるような気がする。いや、きっとそうに違いない。

当の安吾はもっと自若としている。あまり各地を振り回されるので、いささか疲れ気味ではあったが、人の評価とか、時代の感覚などから遠く離れて、非常に初源的な思いに浸りこんでいた。旧新津市の風光に触れて感傷的になっていたわけではない。彼は自分が書いた古い文章を思い出していただけである。

その頃、私は、怡度砂丘の望楼に似ていた。四方に展かれた望楼の窓から風景が——色彩が、匂が、音が流れてきた。私は疲れていた。私の中に私がなかった。私はものを考えなかった。風景が窓を流れすぎるとき、それらの風景が私自身であった。望楼の窓から私は私を運んだ。私の中に季節が育った。私は一切を風景に換算していた。そして、私が私自身を考えた時、私も亦、窓を離れた一つの風景にすぎなかった。古く遠い匂がした。（「ふるさとに寄する讃歌」）

うむ、われながら良い文章だ。こりゃあいい。いまの自分と同じ感覚だ——。しばらくたってから、安吾は自分を褒めた。これでいいんだ。べつにオレの作品でなくったって構ゃしない、誰でもいいものを書いたら褒めてやるぞ。と、まあ、こんな感じである。生きていても死んでも安吾の調子は変わらない。ふたたび石川淳に登場してもらおう。

安吾はよく書き、よく褒めた。褒めるのは自分の書いたものに決まってゐる。それはもつと、もつとと、自分をさきのはうにせき立てる調子のようにもきこえた。かつて白痴と題したものがあつたが、奇妙なことに、當人あまりこれを褒めたがらない。

いや、奇妙な褒め方をする。おれには白痴よりもつといいものがある。そして、判らねえかといふ顔つきをしてみせた。べらぼうな。わたしは一向に判つてやらなかつた。しかし、當人がなんといはうと、白痴はいいものだといふことは判つてゐた。これは安吾の全部であつた。(「安吾のゐる風景」)


これ以降は、これから先の安吾の作品を総ざらいする折に長々と引用させてもらおう。いずれにしても、石川淳は小説とか、芸術とかいった問題より、そして、系類とかジャーナリズムとかいった問題より、はるかに深く安吾の本質をつかんでいた。

——平成六年、安吾の眠るここ新潟市秋葉区金谷の地に文学碑が二つ建てられた。一つは新津駅のすぐそばにあり、表側に安吾の色紙「あちらこちら命がけ」、裏側は「吹雪物語」自筆原稿が彫られている。

もう一つは新津市市立図書館だったところの近くに「桜の森の満開の下」の一節。「頭上に花がありました。その下にひっそりと無限の虚空がみちていました。ひそひそと花が降ります。それだけのことです」とある。

安吾ファンにとってはたまらないかもしれないが、こう立派な〝文学碑〟となると、いささか気恥かしい。もし安吾自身がこれを見ることができたとしたら、どんな表情をしただろうか。

——ともあれ、長々と迷走した感じだが、安吾はようやく生誕地に戻ってくれたようである。

第三章　ふるさとも語ることあり

一　礼拝堂と日本海の砂浜

ようやく新潟に戻った安吾は、やはり歩き回っていた。万代橋を渡り、繁華街・古町を通り抜け、シベリア坂へと向かって闊歩する姿は軽やかだ。

やはり最初に日本海を眺めに行くのかと思ったら、突然、彼は方向転換をする。何かを急に思い出したようだ。あ、西大畑の方角に向かっている。やっぱり順序良く、自分の生まれた場所に向かうのかと了解できたが、それも違った。たしかに生家の近くだが、彼はおそらく多くの人が想像もしない場所で佇んだのである。

安吾は明治三十九年（１９０６）、新潟市西大畑通二八番戸（現・西大畑町五七九番地）に生まれた。この生家のあった場所は、松の巨木三本を除いて、もはや完全に跡かたもなくなっているが、安吾の息子・坂口綱男（写真家）は周辺の風景をカメラにしっかり捉えて次のように書いている。

その生家のすぐ近くに教会が建っている。悪ガキだった父は、多分そこもテリトリーとして、遊んだにちがいない。といっても写真の礼拝堂は、昭和二年にできたというのだから、父が新潟を出てから建て替えられたもので、多分この建物は見ているだろうけれど、実際ワンパク盛りにいたずらしたり遊んだりした教会ではないわけだ。(「安吾のいる風景」)

しかし、この安吾の息子は、ここに父の少年時代の姿を見る。「絣《かすり》の着物を着た少年安吾が、この礼拝堂を眺めている姿」を——。そしてこう続ける。

無謀とも思える言い方だけれども実は、私は、教会や寺院に何となく心引かれる。それは、私の中に父の血が流れているからだろう。父もまた幼い日から、宗教という人間の本能にも似たものに心引かれ、教会のエキゾチックさに、興味を持っていたのではなかろうか。この想像は、あながち間違いではないような気がする。(同)

たしかに間違ってはいない。ようやく回り道をして新潟に戻って来た安吾は、生家の近くにある礼拝堂を見上げながら、それが建て替えられたものであるのかどうかは、どうでもいいという表情で、こう呟いていた。

「おお、ある、ある。昔の建物はもっとボロだったが、ここでよく遊んだもんだ。懐かしいねえ。

ある意味では、ここがオレの原点かもしれねえな」

晴れ渡るふるさとの光と風の中に見る教会は、彼が書いた作品の中に一度も描かれたことはない。しかし、彼にとっては重要な拠点であったらしい。左右対称のシンメトリックな正面入口をはさんで、ツインタワー五階建ての構造を持つ景観は、彼が遊んだ建物ではなかったとしても、周辺の風景にそぐわない異国情緒を漂わせている。

明らかにそこだけ異質な感じがするということ、そこだけが普通でないと感じさせ、しかし全体の中に〝ドン〟という感じで居座っているという雰囲気そのものが安吾という人間の存在だとすれば、この教会が持つ意味は大きい。さらに坂口綱男に解説してもらおう。


父は大学でインド哲学をやった。早い話が仏教をやったわけだから、キリスト教というのは、何だか変かもしれないが、私の読んだ最初の新約聖書は、父のものだった。その裏表紙には「昭和十二年これを読む、安吾」と書いてあった。

父も私も無神論者で、神様とはあまり深いかかわりはなさそうだが、幼かった父は多分教会で遊ぶのが好きだったにちがいない。それは異質の文化のエキゾチックさ、みたいなものが、そこから感じ取れるからじゃないかと思う。（同）

この前ここに来たのはいつだったかな、と安吾は、礼拝堂を見上げながら思った。ああ、あれは法事で帰省した時だ。何だ、ついこの間じゃねえか。三千代と綱男を連れて初めて新潟に戻ったというので、新聞社の連中が大騒ぎをしていたっけ。

オレはサービス精神が旺盛だから、新潟日報の記者が喜びそうな話を口から出まかせに大盤振る舞いをしてやったもんだ。それがそのまま新聞に載ったそうだが、この教会のことは喋っていなかったな。この教会がオレの原点だ、なんて言っても彼らは喜んじゃくれないからな。

「懐かしいね。どこに住んでいたってやはり心の底には故郷の土の匂いがこびりついているものだよ。町の表情は昔に比べてずいぶん明るくなりうれしいことだと思うが、新潟人の本質は明るくなりっこないはずだ。そこに雪国の個性があるんだから」

と言ったら喜んでくれたので、オレは調子に乗ったね。

「何にも増して懐かしいのは食べ物だね。昔食べた〝お焼き〟や〝いちじく湯〟の味、それに卵の利いたアイスクリーム、みんな、も一度食べてみたいと思うものだ」

嘘をついたわけじゃない。これは本音だから充分に通ずるし喜んでもらえる。しかしその後すぐに色紙に何か書いてくれ、と頼まれてオレが書いた文句は「ふるさとは語ることなし」だった。ハハハ、この落差を分かる奴はいるかなあ。

ふるさとは語ることなし安吾

この護国神社境内にある安吾碑の名文句は、いまや坂口安吾の代名詞のようになっていて、新潟観光の目玉のようになっているが、この文句を色紙に書いたのがいつかという問題には三説ある。

一つは坂口三千代の「新潟のどなたかが持っておられたもので、彼が亡くなる前年に新潟へ行った際、酔余、望まれて書いた色紙の文句だそうである」(「安吾と釣りと海」)、もう一つは若月忠信の「碑文が書かれたのは昭和三十年の一月。亡くなる一か月前のものである」(「安吾トライアングルの風景」という記述である。さらに小川徹が「彼が最後にふるさとを訪れた日の遺影にちがいない」(「坂口安吾・その性と変貌」)として、昭和二十九年十一月に浜谷浩が新潟の砂丘で安吾を撮り、選集の第七巻に掲載されている写真のことを証言しているから、この折にも可能性がある。

たしかに安吾は昭和二十九年二月、父・仁一郎の三十三回忌、母・アサの十三回忌に家族とともに初めて生家に帰省した。坂口三千代説ならその折に書いたことになるが、若月忠信説では亡くなる一か月前、もう一度、新潟を訪れているか、新潟以外で書いたことになる。そして小川徹説なら亡くなる三か月前にもまた帰省しているわけだ。

しかし、当の御本人にとっては、そんなことはどちらでもいいらしい。彼にとって重要なのは、後に自分の碑文となる色紙の文章がどうのこうのというより、いつ書いたかのかという問題より、いま見上げている礼拝堂の方がはるかに大きな問題だった。

ガキの頃、たしかにオレはこの建物の中で遊んだ。でも、子分達を従えて乱暴狼藉を働いたわけじゃない。だいたいは一人でやけに神妙な顔をしてキリスト像を見上げていたような気がする。キリスト教に興味を持つ年頃じゃなかったし、異人さんに惹かれたわけじゃないけれど、なにか独特の雰囲気はあったたな。キリストが何だかたった一人で宇宙の真ったただ中に放り出されたような顔をしているのに親近感を抱いたのかもしれないな。

この辺りの感覚を奥野健男は破天荒ともいうべき「木枯しの酒倉から」や「風博士」に対比するやけに深刻な「黒谷村」や「石の思い」を挙げながら次のように述べている。

何か求道僧のところと破戒僧のところが交互に来るでしょう。どうも安吾の原点みたいなのがぼくは風であり石であるように感じます。（中略）宇宙に孤独に投げ出された、ものをいわない小石であって、そこに家なんていう庇護する中間の存在は全部否定してしまって彼は実存主義風に孤独に世界と対決しようとする。自分は孤児という感じで虚空の中で石みたいに生きている」（座談会「坂口安吾」）

こう完璧に指摘されると、まさにその通りだと感心するが、どうもそんなに大げさなものじゃなく、意外に安吾の気の小ささ、そのくせ怖いもの見たさという好奇心の発露のようにも思えないでもない。それを同じ座談会の中で、佐々木基一が次のように語っているせいだろう。佐々木は安吾の豪放磊落な一面とティミッドな一面が共存する性格は、新潟の大資産家の息子という〝育ち〟から来るものと考えて、こう発言する。

（安吾の性格は）ぼくの郷里なんか、集約農業の発達した瀬戸内海沿岸にはあまりないものですよ。やはり大地主や何かがいて、雪に閉ざされた暗い冬があって、という地方から生まれたもんじゃないかと思いますね。家と密接な関係があるんじゃないか。しかしまた、おどおどしたところがある。ぼくはいつかも坂口安吾の写真をひっくり返して見ていたら戦後の写真は特に目が何かに怯えているようにおどおどしていることに気がついた。精神分裂じゃないかなという気がして、実をいうと坂口安吾が何となくかわいそうになって来た。

おそらく、この奥野健男と佐々木基一の発言は同じことをいっているのだろうが、しばらく礼拝堂の前を動かないでいる安吾の姿には、彼の〝心の原点〟を感じさせるイメージがあり、息子・綱男の写真は的確にそこを撮っているように思えた。

——次に安吾が立ち寄ったのは、すぐ近くにある生家ではない。踵を返すようにして向かったのは、最初に行くのではないかと思わせた日本海の砂浜である。今度はシベリア坂ではなく、ドッペリ坂を登りきって海と対面する。さすがに感慨深そうだ。つい一年前に法事で帰省した折にも、飽かずに砂浜に立って海を見つづけた安吾だったが、今回はひとしお海の風が違う、光が違う、波が違う。

中学校をどうしても休んで海の松林でひっくりかえって空を眺めて暮さねばならなくなってから、私のふるさとの家は空と、海と、砂と、松林であった。そして吹く風であり、風の音であった。(「石の思い」)

と書いた時の心境とも違う。今の安吾には当時抱えていた苦悩のようなものはない。やむにやまれぬ爆発しそうな屈託がない。すべてが明るく、すべてが肯定できる状態になっているから、日本海の風も光も波もすべてより鮮明に吸収することができるのだった。

昔はこんなに天気がよかったら、水平線上に佐渡島がかすかに見える、とみんなが言ったもんだが、近眼だったオレは一度も島影さえ見ることができなかった。おお、ところが今は見える、見える。老眼になっちゃったからかな。老眼バンザイ！などと呑気なことを呟きながら、安吾は砂浜に立ちつづける。

私は今日もなお、海が好きだ。単調な砂浜が好きだ。海岸にねころんで海と空を見ていると、私は一日ねころんでいても、何か心がみたされている。それは少年のころ否応なく心に植えつけられた私の心であり、ふるさとの情であったから。（同）

と書き「海と空と風の中にふるさとの愛を感じていた」「私のふるさとの家は空と海と砂と松林であった。そして吹く風であり、風の音であった」と執拗に書く安吾。このただ一人、砂浜に寝転ぶことを愛する安吾に、彼の本当の〝原点〟を見る人は多いだろう。

しかし、彼が旧制中学時代は、いまの老眼の安吾のように虚心坦懐にただ砂浜に寝そべっていたわけではあるまい。この場所で少年安吾は、やはり孤独である自分と、世間全体について考えていたはずである。やはり息子・綱男に再び登場してもらおう。

寄居浜にある、ゴロッとしたおむすび形の安吾碑が、父の姿に見える。父は海に面して坐り、じっと海を見ながら考えている。そんなふうに思えるのだ。（中略）夕方この丘に、物言わぬ父と居ると、楽屋オチみたいで申し訳ないのだけれど気分はビートルズの「フールオンザヒル」なのだ。（「安吾のいる風景」）

安吾は日本海に向かって立ちつづける。いまでも安吾にとってこの地の風と光と波は、彼の本当の〝ふるさと〟なのかもしれない。

二　母への憎悪

やがて安吾は西大畑の生家に戻った。今でこそ生家の影も形もないが、昭和三十年の時点では、そっくりそのまま残っていた。借家だが広い屋敷である。安吾にとってあまりいい思い出はないが、そこには彼の幼少期から十七歳の夏までの足跡が記されている。
オレにとっちゃあ、ひでえ家だったなあ。オヤジもオフクロもひどかったが、オレ自身が一番ひどかった。恥ずかしい、恥ずかしい。しかし、いまとなっちゃあ、何もかも懐かしいもんだ。と呟く安吾の表情は、あっけらかんとしている。

改めて紹介するまでもなく、ここで安吾は父・仁一郎、母・アサの五男として生まれた。十三人兄弟の十二番目である。丙午の生まれだから炳吾と名付けられた。父は尾崎行雄、加藤高明などと親交があり、憲政会の有力者としても認められる政治家で新潟新聞の社長も兼ねていた地方名士である。漢詩もよくし、五峰という号で知られていたというから、新潟では有数の知識人だったといえるだろう。

いまから考えりゃ、無理もない。いくらわが子だといっても、先妻の子、妾の子合わせて十三人もいちゃあ、とても構っちゃいられなかったろうよ。オレは十二人目のブービー賞みたいな子供だからな。オフクロだって手が回るわけがない。放任主義というよりは無視されているという感じだった。いや、もっとひどいか。オレはオフクロに憎まれて育ったといった方が当たっている。

そりゃそうだろ。オレは手がつけられないヒネクレたガキで、子どもらしい可愛さなんか一つもなかったからな。この辺りのことは、オレの自伝的小説といわれている「石の思い」を読んでもらえば、すべて洗いざらい書いてあるから読んでくれれば分かるだろうよ。

まさに「石の思い」は幼少時の安吾のすべてが描かれており、そこに彼の原点があることを否定することはできない。そして、その中核ともいうべき部分は、肉親への愛憎であったことが分かる。

彼は「石の思い」で父のこと、母のこと、姉のこと、幼時のこと、ガキ大将だったことに触れてはいるが、そのポイントはオニのような母への憎しみの記憶を書くためであり、故郷や家のことは母への憎悪以外に記憶するに値しないといった書きっぷりである。私は彼の記憶に鮮烈に残っていたはずのいくつかの「事件」を再現してみたい衝動にかられる。（小川徹「坂口安吾・その性と変貌」）

と、小川徹は解説し、その象徴的出来事として「出刃包丁事件」と「蛤とり事件」をあげる。出刃包丁の方は安吾が八歳の時、三つ年上の母に可愛がられている兄を殺してやると追いかけまわした事件だが、本当に殺したかったのは母親の方だった。このことは「石の思い」より前に書かれた「をみな」にも生々しく書かれている。

追いまわしながら泣いていたよ。せつなかったんだ……〝あの女〟だけが逃げなかった。刺さない私を見抜いているように、全く私を見くびって、憎々しげに突ったっていたっけ。(中略)俺の刺したかったのは此奴一人だったんだと、激しい真実がふと分かりかけた気がしただけで、刺す力が一時に凍ったように失われていた。

まさに殺してしまいたいというほどの母親への憎しみが安吾にはあった。「母は私に手を焼き、お前は私の子供ではない、貰い子だと言った。そのときの嬉しかったこと。この鬼婆ァの子供ではなかった、という発見は私の胸をふくらませ、私は一人のとき、そして寝床に入ったとき、どこかにいる本当の母を考えて、いつも幸福であった」(「石の思い」)というのだから尋常ではない。

蛤とりの方は安吾自身の言葉では「暴風の日私が海へ行って荒れ海の中で蛤をとってきた、それは母が食べたいと言ったからで、母は子どもの私が荒れ海の中で命がけで蛤をとってきたことなど気にもとめず、ふりむきもしなかった。私はその母を睨みつけ、肩をそびやかして自分の部屋へとじこもった」(「石の思い」)という記述でしかないが、他の作品にも書かれている〝蛤事件〟も付け加えて、小川徹はこれを次のように深読みする。

ある荒天の日を狙って母親は少年安吾に「貝が食べたい」と海底にもぐってとってくるようにいい

つける。（中略）彼は降り出しそうな天気の荒海にもぐって貝をとり、わざと母親を心配させようと、日がとっぷりくれてから帰り、重い貝のつつみをズシリと三和土の上に投げ出した。くらい海底の水は冷たかったろうが、母の憎悪の目に較べれば温かかったかもしれぬ。（「坂口安吾・その性と変貌」）

まさに母親との死闘があったというわけだが、ここに小川徹は一つの安吾の原点を見る。しかし、次のような疑問符を投げつけなければいられない。

死ねというなら、生きてやる――死ぬ気であったものに、生きることが復讐だという心が蘇った。彼はそのころ「自殺か」「家出か」と思いつめる日が、いく日もあった……が、ここでも不思議にも母親が、実の子だけをこうもなぜ、いじめぬいたかについては安吾は書いていない。（同）

そりゃ、そうだろうよ。オレは確かに母を憎んじゃいたが、ちゃんと幼心でも分かっちゃいたんだ。母は実の子のオレに自分のヒステリーの吐け口を見つけ出していたんだとね。

ずっと後のことになるが太平洋戦争中、この母と和解し「もっとも親孝行な息子」として母を看取ったのも、このオレだからな。

みんな「石の思い」をはじめ、自伝的小説と勝手にレッテルを張って、いくつかの作品を取り上げ、ぎゃあ、ぎゃあとオレがとてつもない悪ガキだったことと、オフクロとの確執を関連付けて納得しているようだが、それは事実だし当たっているとしても、作品というのはフィクションだからね。オレが書きたかったのは人間、人間は何だかんだといっても孤独だということ、ただ、それだけなんだ。

「坂口安吾選集」を編纂した福田恒存は、安吾が解説を一冊一冊と書きわけるのに、都合のいいように作品の性格をあらかじめ区分けしておいてくれる筈はないから「各巻ごとに解説をつけるぼくの苦衷も察してもらひたい」と泣きごとを並べながら、それでもきっちりと安吾の作品に流れる不動の主題を指摘する。

坂口安吾の生涯の主題はただひとつであり、それをいってしまへば、もう作品べつの解説など不要なのである。こゝではひとつ、ひじょうに割り切ったいひかたをしてみよう。人間は本来的に孤独なものだ――だれかに愛されてをり、だれかを愛してゐると思ふのは、度しがたい自己欺瞞である。ひととひとのつながり、そんなものはなにもありはしない。もちろん社会はその仮想のうへになりたってゐる。が、それが一片の仮想だとおもひきることは容易でないとしても、さうおもひきったうへで、なほ世俗のごまかしごとに妥協しまいとこゝろみることは、さらに容易ではない――(「坂口安吾」)

へえ、福田恒存はそんなことをいっているのか。頭がいいねえ。何だか気に入らないが、まあ、そういうことになるのか。でも、それよりもっと、誰かオレの子供の頃の優秀だったことを強調してくれる奴はいねえのか。オレは謙遜して自伝的小説とやらに自分がどうしょうもない悪ガキだったと書いているのだから。オレをおだててくれなくちゃ、だめだ。

そうかい、誰も褒めてくれないなら、自分で自慢話をしてやる。まず、オレは健康優良児だった。モヤシみたいなひ弱なガキじゃない。春先から秋の中頃まで毎日、海にもぐってばかりいたからな。姉のアキなんかオレの身体も顔も「インドの黒ん坊」のようだと言っていたものだ。小学校の成績だって良かったんだぞ。少しも勉強なんかしなかったけど、だいたい一番か二番か三番。それを下ったことなんかなかった。もちろん喧嘩も強かった。年上の奴まで子分にしていたからな。同級生で同じ大地主の息子・梶原周礼と張り合って肩で風を切っていたもんだ。勉強より喧嘩の方が面白いのは決まっている。それでも、新潟尋常小学校を卒業するときは、六十六人中三番の成績だったのだから、大したもんだろう。

と安吾は今回、生家に戻って来て、自分が恥ずかしい、恥ずかしいなどと過去をあっけらかんと反省して見せていたが、次第にご機嫌になってきた。

なんだ、なんだ、オレは確かに「ふるさとは語ることなし」と書いたけれど、いっぱい語ることはあるじゃないか。そうだ、やはりオレの忍術修業のことも特記に値する。六歳のころから講談本を読んで、猿飛佐助や霧隠才蔵にあこがれたオレは、忍者になることを決意したんだ。蒲団を山のように積み重ねて目をつぶり、印を結んで飛び降りる修業をどれだけしたことか。

こんなことは子供ならだれでもやると思う奴もいるだろうが、その程度の生半可なものじゃない。案の定、母が怒ったねえ。家の中じゃまずいと判断して、外へ出るとところ嫌わず、高いところから飛び降りる、低いところから飛び上がる訓練を重ねたものだから、怖いものはなくなったね。

これらのことを杉森久英は「小説坂口安吾」の中で、次のように述べている。

忍術使いが活躍する物語本で、彼はこれをただ読むだけでなく、実行に移そうとした。つまり、忍術の奥義をきわめて名人になろうと思ったのである。(中略)こういう忍術とか、魔術とか、奇術めいたものに対する嗜好は、彼の一生を通ずる病癖であった。

こんなことばっかり威張っていてもしょうがないか。まあ、このくらいにして、やはりオレの生家で、オレのいちばん有難かったこと、それは何だったかといえば、オレのことだけを可愛がってくれたばあやだねえ。みんなに持てあまされているオレのことを
「こんな心のきれいな人を、見たことがない。神さまのようだ」

といって、絶対的に面倒を見てくれていたからなあ。他の兄弟姉妹には目もくれず、ただオレ一人のために、生きていたようなばあやだった。

このばあやがいなかったら、オレは本当に家出するか死ぬかしかなかったろう。あ、忘れちゃいけない。もう一人オレを支えてくれた姉がいたなあ。例の〝蛤事件〟のときも、自分が「貝を食べたい」というから必死で捕ってきた蛤を見向きもしなかった母を睨みつけ、自分の部屋に籠ってしまったオレを追いかけてきてくれて、黙って抱きしめてくれたものなあ。このばあやと姉がいなかったら、オレは本当に、どうなっていたか分からない。

そうだ、母のことばっかりじゃなく、親父についても、もっと語らなきゃならないだろう。あんまり思い出したくもないが、いまになって考えると、親父はやっぱりオレの親父だ。まったく違うようにも見えるが、同じようなところがあるんだよなあ。

「ふるさとは語ることなし」と書いたくせに、生家に戻って見ると、安吾は「ふるさとも語ることあり」の心境になっているようである。

三　父への軽蔑

まず、初期の作品「石の思い」の中から安吾の父親に対する率直な評価を拾い出してみよう。

父は誠実であった。約をまもり、嘘をつかなかった。父は人のために財を傾け、自分の利得をはからなかった。父は人に道をゆずり、自分の栄達をあとまわしにした。それはすべて父が行った事実である。そしてそれは私においてその逆が真実であるごとく、父においても、その逆が本当の父の心であったと思う。父は悪事ができない男であった。なぜなら人に賞揚せられたかったからである。そしてそのために自分を犠牲にする人であったと私は思う。私自身から割りだして、そう思ったのである。

ここには、あからさまな父への軽蔑は表現されてはいない。むしろ世間一般の美徳を持つ人間として、褒めているようにさえ感じる人もいるだろう。しかし、そこには自己批判的に世間に対して〝よく思われたい〟という男の恥ずかしさを、包み隠さずに告白していることを見逃してはなるまい。

繰り返すようだが、父・仁一郎は安吾が生まれた当時、憲政本党に所属する衆議院議員、新潟新聞社社長、新潟米穀取引所理事長を兼務する新潟県きっての名士である。安吾五歳の時、立憲国民党幹部となり、犬養毅をはじめとする代々の総理大臣とも親交のある第一級の政治家として活躍した。またその一方、五峰と号する漢詩人としても知られ、新潟県の古今の漢詩を集大成し、その論評や作者の伝記を記した「北越詩話」の執筆編集を進める文人でもあった。若い頃は儒者・大野耻堂の絆己楼に学び、漢詩文の素養を養ったというから、まずは筋金入りの教養人だったといえるだろう。

ところが幼少期の安吾には、このような父親の〝偉さ〟など分からない。長男ばかりが大切にされる時代でもあったし、ほとんど無視され、どこかの丁稚小僧のような扱いをされ続けていれば、安吾でなくても〝ひねくれガキ〟になろうというものである。

まあ、〝お父ちゃん〟と呼べるような雰囲気じゃなかったな。なにせ江戸時代末期とはいっても、安政六年の生まれなんだから〝おじいちゃん〟と呼んだ方がいいんだろうが、普通、祖父なら孫にはめっぽう甘いものだろう。ところがニコリともしない。家にいる時は書斎にこもりっきりで、家族団欒なんてことは一度もなかったな。

安吾はぶつぶつ呟きながら、父親の書斎に入って行く。

ここだよ、ここでオレに一カ月に一度ぐらい墨をすらせるんだ。その時は嫌でも顔を見ることができて、へえ、これがオレの親父か、何でこんなに偉そうにしているんだと、こっちは面白くもなんともない。まあ、いまから考えりゃ、十三人も子供がいるんだから、親父だってうんざりしながらも、少しはコミュニケーションの場を作ろうと努力していたのかも知らんが、墨をこぼせば叱られるだけで、会話らしい会話などなかった。

何度でも言う。オレは不満だったねえ。家の中には使用人がいっぱいいるんだし、何もオレに墨をすらせることはあるまい。「お父様がお呼びでございます」って女中が言ってくるたびに、オレはそんな手数を省いてお前が墨をすってくれればいいじゃないか、と思わずにはいられなかったよ。

それに、オレの家はものすごい大金持ちだったらしいんだが、おじいちゃんの徳七の時代に投機の失敗などで家運が傾き、以後、内情は火の車。零落の一途をたどっていたらしい。それでも名家だから体面というものがある。何とか威厳を保たなくちゃならない。母親が鬼のようにオレをいじめたのも、無理に無理を重ねるやり繰りのストレス発散だったんだ。

なに?そんなことは「石の思い」の中に全部書いてあるだと?そうか、それじゃ全部省いちゃってもいいが、とにかく、ときたまこの書斎で墨をすること以外、オレと親父の親子関係なんてものはない幼少期だった。

しかし、しかしである。オレだってダテに餓鬼大将を張っていたわけじゃない。人間観察力というか、顔色をうかがうというか、相手がどんな奴かを見抜く才能は、ガキの頃から冴えていた。気に入らないけど、この父親をじっくりと見ていたのさ。「石の思い」を読んでくれているのだったら、次の一節こそ心をこめて読んでほしいな。
もっとも、この部分は、父が死んでから後に明確になったことで、墨をすらされているときにすべて見抜いたということじゃないが、漠然と直観していたという気もするよ。

私は私の気質の多くが環境よりも先天的なもので、その一部分が母の血であることに気づいたが、残る部分が父からのものであるのを感じていた。私は父を知らなかった。そこで私は伝記を読んだ。それは父の中に私を探すためであった。そして私は多くの不愉快な私の影を見いだした。父について長所美点と賞揚せられていることが私にとっては短所弱点であり、それは私に遺恨のごとく理解せられるのであった。

――どうだ、ここだよ、ここ。人間、確かに一人ぽっちで宇宙のど真ん中に放り出されている存在にしか過ぎないが、父がいて、母がいて、なんやかんやの〝しがらみ〟を、好むと好まざるとにかかわらず、生まれてくるものなんだ。これぱっかりはしょうがない。
何にも分かっちゃいないオレは、母を憎み、父を自分とは関わりのない存在として軽蔑することによって幼少期を過ごしたわけだが、今となってみりゃ、これも若気の至りって奴のような気がする。

しかし、血の気が多いっていうか、何だか訳の分からない突き上げてくるような激情のようなもので、憎悪したり、虚無的に軽蔑したりのあがきを繰り返してきたのだろうよ。
まったくバカらしいことだが、それさえも父や母の気質を受け継いでいたんだということが分かるまでは真剣極まる自分自身のテーマであったことに変わりがあるまい。

このような安吾の胸中を奥野健男は次のように指摘する。

坂口安吾の〝原風景〟は、というよりその文学の本質は、〝風〟と〝石〟と言える。自分という存在は、孤独に宇宙に投げ出された石ころだという痛切な虚無的自覚と、それだから風という虚の存在となって世界をめぐろうという壮大な野望である。処女作「木枯らしの酒倉から」の突風と共に酒倉のとびらをけやぶり、小石が嵐の中に礫になって飛び散って行く。石と風、それは量子力学において光が一面では光子という素粒子であり、一面では光波という波動であるという自然弁証法にも対応する。風は「風博士」「風と光と二十の私と」さらには「桜の森の満開の下」に結晶し、石は「石の思い」「白痴」「青鬼の褌を洗う女」と結晶する。(「安吾復活」)

このように見事に解説されてしまうと、恐れ入るより他はないが、そうなると安吾の父や母は、憎まれても軽蔑されても、安吾の文学全体の最大の貢献者だったと言えなくもない。しかし、いずれにしても幼少期の安吾にとって父親は偉そうにしている年寄りに過ぎず、墨をすらされるだけの交流しか両者の間にはなかった。

小川徹にこの辺りを解説してもらうとこうなる。

母親が憎悪の対象であったのに対し、父親はむしろ、少年の目には無関心、どちらかといえば軽侮の対象であった。自由放任であったが、「他人」「うるさい奴」「ニコリともしない威張りくさった冷淡な奴」「不快な老人」という風に「石の思ひ」に書かれてあるが、兄だけを大事にした老人に対するコンプレックスはない。彼には父権崇拝も、父権への憎悪もまるきりないことは、「家」と無縁な彼の文学の特長ともなった。(「坂口安吾・その性と変貌」)

奥野健男や小川徹のように坂口安吾の文学の問題として、親子関係の深層を眺めるのも、非常に興味深いし、いずれもごもっともと感心してもいいが、これを病跡学的にみると、福島章が指摘する一般的な幼時体験の傷跡とでもいったものが浮かび上がる。つまり安吾が四歳半の時に生まれた妹・千鶴の存在への注目である。

この時まで彼は末っ子であって母親の愛情と関心を最も得ていると感じていたのが、もう一人の末子の出生によってその地位を奪われたように感じ、強い衝撃を受けたと思われる。（中略）安吾の自伝的作品も、伝記作家の記述も、幼児期から彼が乱暴で変り者であったことが強調され、母に対する憎しみや反抗がとりあげられているが、正確にいうとこれは五歳のころからの「性格」なのであって、それ以前の母子関係や行動について知られるところが皆無である。（「坂口安吾の病跡」）

確かに安吾のことを、零歳から四歳半までを問題にした研究者は他にない。そして、これは前節「母への憎悪」のところで述べるべき問題だったかもしれないが、ちょうど父親に墨をすらされるようになる時期と合致していることに注目しなければなるまい。

いちばん母親の愛情を独占できる末っ子の地位を奪われ、強い衝撃を受けている子供が家の中で圧倒的な権威で君臨する父親の墨をする仕事だけが唯一の父子関係の触れ合いだったとすれば、その気持ちは、もっと分かりやすくなろうというものである。

私は父に対して今もって他人を感じており、したがって敵意や反発は持っていない。そして、敵意とは別の意味で、私は子供の時から父が嫌いであった如く、父のこの悲しみに因縁のない事務的な大人らしさが嫌いであり、並べてかかる大人らしさが根底的に嫌いであった。（「石の思い」）

いずれにしても、無関係の人間を見るような感じで安吾は父を見ていた。幼くても見ていた。分からなくても見ていた。いや、世間的な意味で父親を見ていたわけではない。物事が分かるようになってからの人間の目は不純である。何も分からない赤ちゃんのような眼で安吾は父を見つめていたのである。

新潟尋常高等小学校（現・新潟小学校）に入学した八歳の折、加藤高明を総理とする立憲同志会の結党式に颯爽と参加する姿も、十一歳の時、勲三等瑞宝章を受章し、総選挙にも相次いで当選し、立憲同志会の幹部となる雄姿も、十三歳の九月、寺内内閣の崩壊により、原内閣が成立した際、浜口雄幸らとともに憲政会の総務にのし上がる父も見ていた。何やってんだか、という冷たい目で――。

その視線は小学校を卒業し県立新潟中学校に入学してからもつづいた。ほとんど家に帰らない父が新潟医大で胃癌らしいとの診断を受けて以来、急に家にこもりがちになってもそれは変わらない。

やがてそれは「泣きたいほどのスケールの小ささ」を父親の中に発見して軽蔑の思いに固定してゆく。そしてそれと同時に、母への憎悪を決定的なものにした。これも小川徹に解説してもらおう。

家を守るポーズで、虚栄的偽善的ヒューマニズムの父を、「小人」として蔑視した。（中略）父が「名声」という虚名に君臨し、イイコになりたがり、どんどん財産を傾けてしまう男であることが、実は母のヒステリーをますます凶暴にさせ、現実にそのしわよせと犠牲を幼少の彼が強いられるという客観的構造的見方をしていた…（「坂口安吾・その性と変貌」）

そして安吾は、母に対する憎悪も父に対する軽蔑も、自分の中に流れる〝血〟であることを自覚しなければならなかった。

四　新潟中学での挫折

おっと、安吾が素早く動いた。中学校時代に回顧が及んだ途端、墨をすらされていた父親の書斎から、一瞬にして安吾の姿は、市内関屋下川原町にある旧県立新潟中学（現・県立新潟高等学校）の校庭に移っている。

おお、ここだよ、ここ。ここもいい思い出はないんだよな。とぼやく安吾の表情は意外に明るい。父の書斎で墨をすらされるよりは、まだましだったのかもしれない。

小学校を六十六人中三番で修了した安吾は、ここでも最初、百五十人中の二十番という成績だったというから優秀な生徒の一人だった。成績ばかりではない。いたずらの方も健在で、先生の似顔絵などを描いた回覧雑誌などを出し、担任の教師は安吾の人物評欄に「怠ル、勤ムレバ上達スベシ」と書き込んだほどだから、まずは面目躍如の観がある。

――でもな、二年生に進級できたのはいいとしても、後半に入ってからオレの方が変わったんだ。餓鬼大将で暴れまくっていたオレの近眼がべらぼうに悪くなってさ。このまま行くと盲目になっちゃうんじゃないかと思えるようになってから、ガクッときて登校拒否児みたいになっちゃってな。放課後の柔道部の稽古には出かけたけど、後は海岸の砂丘に寝転んで一日を過ごすことが多かったな。以前から勉強なんか熱心にやったことはなかったが、成績は良かったオレがどんどん劣等生になって行くのがよく分かったよ。

「石の思い」によれば「中学へ入ったときは眼鏡なしで最前列へでても黒板の字がみえない。私の母は眼鏡を買ってくれなかった」とあり、だから学校を休むようになったと直接の登校拒否を母親のせいにしているが、ようやく買ってもらえることになって、安吾は今度こそ勉強に精を出そうと決心したことがある。

しかし、ここで安吾は決定的なミスを犯した。なんと近眼鏡を買うはずが黒眼鏡を買ってしまったのである。「私は黒眼鏡を買ったつもりではないので、こればかりは今もって分からない」と安吾は単なる不注意だったと説明しているが、果たしてそうか。

ところがこの黒眼鏡、学校へかけて行くと悪友どもが珍しがって奪い合うので、あっという間に壊されてしまう。二度と眼鏡は買ってもらえないと判断した安吾は、本格的に勉強をすることをやめた。というわけである。果たしてそうか。

小川徹によるこの〝黒眼鏡事件〟の名解説はこうだ。

彼はふつうの眼鏡をかけた自分を鏡で見て恥ずかしさで汗をかいた。まるで、いままでのガキ大将が「今日から勉強家になります」といった顔に見え彼の友人たちの当惑と、馬鹿にしたような顔を連想した。精神的虚栄である。なぜなら、それまで勉強なんかしない、という正札をつけた乱暴者とみられ、おそらくそのために人気があったはずだから。つい黒眼鏡の方を選んで「これがいいや」といって店を出たのである。（「坂口安吾・その性と変貌」）

いかにも小川徹らしい深読みだが、おそらく、当たらずと言えど遠からず、という気がする。ははあ、そんなことを言っている奴がいるのか。いまだから、気軽にそんなことが言えるけどさ、ええカッコしいのオレは、この状態が非常に辛かったねえ。だんだん自分がどうしようもない人間になっていくような気持ちになってコンプレックスの塊になっているのもよくわかるんだ。この辺りのことは、いわゆるジャーナリズムが勝手にレッテルを貼ってくれた〝無頼派〟仲間の太宰治なんかはよく分かってくれるだろう。

だから、オレは太宰治のことをこう書いた。

不良少年は負けたくないのである。なんとかして、偉く見せたい。クビをくくって死んでも、偉く見せたい。宮様か天皇の子供でありたいように、死んでも偉く見せたい。四十になっても、太宰の内々の心理は、それだけの不良少年の心理で、そのアサハカなことを本当にやりやがったから、無茶苦茶な奴だ。（「不良少年とキリスト」）

これは正直なオレの気持ちさ。確かに太宰のことを書いたもんだが、オレ自身でもあるというのが分かる奴がいるかな。分からねえだろな。

もう一つある。太宰に宛てたオレの手紙を知っているか？

「斜陽」傑作、愛読仕候

最後の「遺書」くるし。「おさん」のくるしさと同じ意味に候。このくるしさ、よろしからず。身をせばめ、世をせばめるは、とり申さず。なんとなく、悠々莞爾がよろしく候。大久保彦左衛門にも、おさん、これあり、即ち曰く、おさん泣かすな、馬肥やせ。

一夕ノンビリのみたく候。

くれぐれも、御自愛、悠々莞爾、傑作ものし下されたく、切望いたし候

アタミにて安吾生

太宰大兄

え？嘘だろう、太宰ならコンプレックスが売り物だからよくわかるけど、安吾にはそんなものがあるのかね、っていう奴もいるだろう。あいつが劣等感を抱えていたなんてことがあるもんか、という

人間の表面しか見ない人間どもは、そう考えるんだ。こちらの傲慢極まりない態度だけで単純にそう思ってしまう馬鹿どもは意外に多い。そういう連中はデリカシーに欠けるというよりは、半分以上、感受性を失っている欠陥動物だと思う。動物、大馬鹿、白痴は偉いよ。そりゃ普通の人間よりはるかに偉い。しかし、欠陥動物はいけないねえ。

安吾は新潟高校の校庭を歩き回りながら盛んに息まき始めた。よほど当時の辛さが身に沁みているのだろう。

忘れもしない。十六歳の時、中学三年に進級したんだが、漢文の教師がさ、「おまえは自己に暗い奴だから、炳吾よりもアンゴと名のれ」と言いやがって「暗吾」と黒板に書かれて、この野郎と思ったけど、まさにその通り。一言もなかったね。まあ、これが自分の欠点を逆手に取った、オレのペンネームの由来ってことだ。ま、そのころはまだ元気だったんだけどね。

それでも気の小さいオレは、このことを根に持ったね。じゃあ、自己に明るい奴ってどんな奴だ。自己に明るい奴って、おそらくこの漢文教師のような奴なんだろうが、それじゃお前は「明吾」としたらどうだ。「迷吾」でもいいぜ、「名吾」でも「命吾」でも何でも構わねえけど、やっぱり「安吾」にゃかなうまい。ざまあ、みやがれ！

口惜しいが、それからオレはすぐに英語Ⅰ、Ⅱ、代数、博物の四科目が不合格で落第しちゃうんだ。

情けなかったねえ。いまでも身がすくむよ。そのころになると、もう、学校どころか、親しくしてくれる友人もいなくなっちゃった。そう、孤独だったねえ。ガキ大将で威張っていた面影もなくなっていたんじゃないかな。

大正十三年七月に発行された新潟中学の学友会機関誌「遊方会雑誌」には、この当時の安吾の姿を、同級生の横山俊夫が次のように書いている。タイトルは「汚辱」。

あるSと云ふ生徒が幾何と代数とが落第点で落第してから、元同級生だった生徒に出会ふと、必ず物陰に隠れたり、後をふりむいて復元のみちへひき返したり、便所の近所や廊下の隅の淡暗い方にのみ常にうずくまって、何か世を呪うような様子をするのを見てから、利夫はあんなに快活だったSが落第の為にあんなに真面目だったSが不品行になったりすると、人は悪化する上にいかに落第の力が大なるものであるかが能く了解されたやうな気がした。

ハハハハハハ、ああ恥ずかしい。恥ずかしい。オレが「ふるさとは語ることなし」とよく色紙に書いた気持ちも、これで分かってもらえるだろう。こんなことは、さっぱり覚えちゃいないが、おそらく本当にそうだったんだろうよ。

あっけらかんとした表情で安吾は威張っている。

しかし、ついに落第が決まると、心配したのは本人より家の方だった。急遽、新潟医大の学生・金野巌を家庭教師に付けたが、相手が勉強意欲のわかない安吾では効果が上がるはずはない。ついに彼は退学させられことになる。

しかし、彼は汚辱に満ちた県立新潟中学時代に、〝汚辱〟そのものの結末を県立新潟中学に安吾は残したのだった。新潟に戻ってきて二番目に立ち寄った日本海の砂丘に代表される自然とのふれあい、かけがえのない自然との交流があった。親子関係や友人関係など、人間が介在しない直接的な光と風と波の交歓は、安吾の人格形成上の大きなポイントであることは、だれの目にも異存はなかろう。

中学時代だけとは限らない。すでに幼稚園の頃から見知らぬ街をさまよい歩き、小学校に上がってからは、ガキ大将として近辺の原っぱをわがもの顔で支配していた。気がついたら子分どもはみな家に帰ってしまっていて、ひとり夜空の星を眺めていたことも日常としてあった。以後の青年期も同様である。彼は生来の自然児でもあった。

安吾の〝自然との交歓〟を書いた文章は特異なまでの迫力があり、作例は枚挙にいとまがないが、これまで挙げてきたものとの重複を考えて、次の一節を掲げよう。

私はそのころ太陽というものに生命を感じていた。私はふりそそぐ陽差しの中に無数の光かがやく泡、エーテルの波を見ることができたものだ。私は青空と光を眺めるだけで、もう幸福であった。麦畑を渡る風と光の香気の中で、私は至高の歓喜を感じていた（「風と光と二十の私と」）

後年、このように書く安吾がいちばん「至高の歓喜」を得た時期もこの汚辱の中学校時代だったといっていいだろう。いや、世間的な評価としての〝汚辱〟と引き換えに、彼は大いなる〝栄光〟を手に入れたといわなければなるまい。

ここのところを、先に安吾の親子関係を解説してもらった福島章に、学校を拒否し、光と風と波に親しむ少年の人格形成上の問題を分析してもらうとこうなる。

人はこうした性癖をたんに怠学のための時間つぶしであろうと見すごしてしまいがちである。しかし安吾の場合には自然の中の空想や放心には、母子関係の中では得られなかった安心感や生命力をそこから汲みあげ、母の胸に抱かれて安らうことの出来なかった安らぎを体験するという重要な意味があったように思われる。（「坂口安吾の病跡」）

やがて東京の私立豊山中学校（現・日大豊山高校）への転校――。それは父・仁一郎と兄・献吉の都合でもあったが、名門・坂口家から中学で落第する息子の不名誉を世間から隠す意味合いも多分に含まれていたに違いない。

汚辱の県立新潟中学を去るにあたって、安吾の伝説的な名文句が語り継がれている。あまりにも格好良すぎて、本当の安吾ファンには恥ずかしいし、安吾自身も照れくさいのか、あまり話題にされることを好まないらしいが、新潟中学校を去るにあたり、教室の机の裏にこう小刀で彫りつけた名文句はやはり掲げておかなくてはなるまい。

余は偉大なる落伍者となって、いつの日にか歴史の中によみがえるであろう

まあ、いい。最近のセブンティーンには逆立ちしても出てこない言葉であることは確かなのだから。そしてここには、世俗的な価値観はかけらほどもない。「末は博士か大臣か」ではなく、「落伍者」をそれを超える存在としているわけだから、絶対多数の賢明な大人たちにも、決して考えつかない言

葉ではある。

「もう、いいじゃないか。少しふるさとについてしゃべりすぎちゃったな。また何回か帰ってくることになるだろうから、長居は無用だ。さあ、そろそろ次へ行こうぜ。まだまだ先は長いんだ。

——安吾の心はもう、次の東京・豊玉郡戸塚諏訪町に向かって動き始めている。

第四章　新生・東京の空の下で

一　転校・スポーツ・文学

東京・豊多摩郡戸塚町諏訪――。現在は東京都新宿区西早稲田と呼ばれる一帯を安吾は気楽そうに歩いている。

――ははぁ、この辺りはすっかり変わってしまったなぁ。オレが長兄の献吉夫妻と親父と住んでいた頃の面影は全くないじゃないか。東京というところは、三年も離れていると街並みが変わるって言うが、三十年以上前のことだから変わって当たり前か。オレたちの住んでいた借家なんか、影も形もないじゃないか。

安吾は「石の思い」の中でこの東京の借家のことを「私の数多い姉の娘たち、つまり姪たちが大きくなって東京の学校に入る時の寄宿舎のようなものであった」と紹介しているが、要するに坂口家の東京出張所のようなものだった。

なんだ、借家か、と馬鹿にする奴がいるかもしれないが、家賃が七十五円もするデカい立派な家だったんだぞ。当時の七十五円といったら大学卒の初任給と同じぐらいの金額だから、そんじょそこらの連中が住む家とは格が違う。兄貴が早稲田大学の政経学部に通う学生だったために借りた家だったんだが、親父の東京での拠点でもあったから、体面というものがあったんだろう。本当に田舎者というのはもったいないことをしやがる。

相変わらず呑気な表情で毒舌を吐きながらブラつく安吾だが、さすがに感慨深いものがあるようだ。たしかに屈辱に満ちた新潟から東京に出てきたことによって、彼の人生は大きく変わった。そういう意味で都の西北に位置するこの地は、安吾の決定的なスタート地点だったかもしれない。

安吾が新潟中学を退学して、東京の豊山中学校（現・日大豊山高校）の三年に編入学したのは、大正十一年九月のことである。

関東大震災のちょうど一年前のことだから、まだこの周辺は大都会の面影もない辺鄙な東京郊外だった。しかし〝偉大なる落伍者〟を目指す安吾は、この借家に落ち着いてから往年の生き生きとした表情を取り戻していた。何か心のつかえがなくなったような安心感が本来の自分を蘇らせたのである。

新潟中学の落第生だった頃の彼の心理を分析すれば、おそらく次のようになるだろう。

優秀な素質の生徒は、たえず首位かそれに近い地位にいなければ、満足できない。しかし、それを維持するには、努力をともなうし家庭の環境もととのっていなければならない。

といって、中くらいの地位にとどまることは、かえって彼の自尊心を傷つける。なぜならば、彼は本来上位にいるべき男である。中位のところにうろうろしているほどの屈辱はない。そこで彼は、むしろ最下位を選ぶ。(杉森久英「小説・坂口安吾」)

この複雑な心の障害がとっぱらわれたから彼はゆうゆうと手足を伸ばし始めた。転向した豊山中学は真言宗豊山派が経営する学校で、生徒のほとんどは宗派の子弟である。将来は僧侶となる連中に混じって、安吾はホッと息をした。

オレは坊主になるために転校したんじゃない、勝手にやらせてもらうぜ。この自由な気持ちが安吾の本来の持ち味だろう。しかし、家にも世間にも捉われない自由な生き方が手に入ったといえばいえたが、地方の名家では出来の悪い息子を東京に追いやって世間体をごまかしたいというのが本音だったから、言ってみれば、親たちと安吾との利害が一致しただけという見方もできないわけでもない。いずれにしても、彼にとっては新生・東京の生活は新潟に比べて心地よかった。

だが、彼が心を入れ替えて勉強に励んだというわけではない。日々、安吾がやったことは新潟時代とそれほどの変化があったわけではなかった。

小川徹にいわせるとこうなる。

大正十年（十六歳）転向して入った東京の中学でも、学校をさぼって陸上競技に熱中し、大正十一年から十三年（十九歳）まで、ほとんど同じような退屈な時間がつづいていた。スポーツに熱中したのも「子供の世界」の延長ということだし、落第生ばかりを集めた中学へ入っても、クラスで欠席がトップであり、しかも映画へ行くなどはまれで、新潟中学での場合と同じく、雑司ケ谷の囚人墓地へ行ってねころんで空を見ていた。（「坂口安吾・その性の変貌」）

小川徹らしい書き方だが、この年譜は一年間違っている。しかし、言っていることに間違いはない。豊山中学が「落第生ばかりを集めた中学」かどうかはともかく、安吾がスポーツに熱中したことは事実だし、日本海を望む砂浜が雑司ケ谷墓地に変わっただけである。つまり、日常行動は変わっていない。変わったのは新潟と東京という場所の違いと心の中の一部分の障害がなくなったことだけだった。

しかし、ここで小川徹が指摘している「退屈な時間」と「子供の世界」いう問題は、安吾の一つの本質を言い当てている。彼が東京に出てきて、往年の生き生きした活動をしていることが、安吾にとっては、まだ本命の何かを見つけ出していない姿だと言っているのである。陸上競技や柔道に熱中するのも「退屈な時間」の表れにしか過ぎない。何か他に自分が求めているものがあるはずなのに、それが分からないまま、無茶苦茶にエネルギーを発散させる行動に出る。それはまだ「子どもの世界」の延長であるというわけだ。

いうまでもなく、小川徹は安吾が文学との本当の出会いを、新潟中学でも新生・東京の中学校時代に果たしていないということを指摘しているのである。「何かをしなくてはならない、しかしそれが何か分からない」というのが坂口安吾の新潟・東京の中学時代のすべてであり、「退屈」は「焦り」に近い複雑な色をにじませていた。そしてそれは安吾の生涯抱き続けた行動パターンでもあった。

ところが見逃してはならないのは、彼が好むと好まざるとにかかわらず、少しずつ新潟時代になかった刺激を周囲の人間から与えられるようになったことだろう。

まず、兄の献吉。この坂口家の跡継ぎである長兄は当然のことのように父と同じ政治家への道、郷里の企業経営者への道を目指して勉学に励む出来のいい人物だった。そこへ転がり込んだ出来の悪い弟にとっては、敬して遠ざけたい対象のように思われるかもしれないが、この兄はスポーツを好み、文学にも親しむ優しく心の大きな男だった。

――なんだか難しそうな本を熱心に読んでいるから、最初は政治や経済の本だろうと見向きもしなかったんだが、ちょっとのぞいてみたら夏目漱石とか森鴎外とかを愛読しているんだ。これは見直したねぇ。へぇ、と思ってパラパラ読んでみると、これが面白いじゃないか。うん、何だか別世界に連れて行ってくれるような不思議な気分にさせられたのを覚えている。うむ、一つオレも彼らよりすごい小説でも書いてやるか。

早稲田大学構内を歩きながら、安吾は追憶にひたった。彼が文学に興味を抱き始めた最初は、どうやら兄・献吉の影響だったらしい。さらに小川徹の言うように、あまり出来の良い生徒は少ない豊山中学でも、自然に親しい友人が増えてくる。その中に安吾と同様に転校生だった山口修三や沢部辰雄らがいた。

——坊主の息子だから、やはり新潟の点取虫のようなガキとは違って、ちょっと面白い奴らだったな。真言宗だか何だか知らんが、やはり宗教というか、哲学というか、難しい本や文学書を読んでやがって、気が合ったので盗み読みをしてみると、これがまた妙に面白い。啄木、白秋の短歌、谷崎潤一郎やバルザックなどにのめり込んだのは、こいつらの影響だ。猿飛佐助や霧隠才蔵の忍術本の内容については、オレの方がよく知っていたが、彼らに触発されて、オレも宗教や哲学をかじりはじめたのは確かだな。

しかし、安吾にとっては文学や宗教、哲学より陸上競技や柔道に打ち込むことの方が比重としては大きかった。大正十三年九月、第十回全国中等学校陸上競技会では、走り高跳びで一メートル五七を記録して優勝しているし、以後も豊山中学の陸上競技選手のエースだったのである。

このあたりのことも杉森久英の「小説・坂口安吾」に軽妙な筆致で紹介されているので引用しておこう。

「おれはね、三段跳びの全国の中学記録を持っているんだ。おれの前が南部忠平で、おれのあとが織田幹雄だ。朝日スポーツ年鑑に炳吾という本名でちゃんとのっている」

と自慢していた。織田と南部はベルリン・オリンピックで金メダルを取り、跳躍日本という言葉を作った人である。

安吾の自慢話をいつも聞かせられていた大井廣介が、あるとき織田幹雄に会って、

「坂口安吾という男を知っていますか」

「知りません」

「あなたと南部さんの間に、中学の全国記録を持っているというんですが」

「さあ、知りませんね」

しかし、安吾の自慢はまったく出鱈目でなく、朝日スポーツ年鑑にはたしかに彼の名が載っているという話である。

――ハッハハハハハ。廣介の奴、オレを疑ってかかってやがる。彼は真っ当な男だからな。冗談というものが通じない。陸上競技ばかりじゃない。柔道部でもオレの右に出る奴はいなかったし、インターミドルの相撲大会でも準優勝クラスだった、と本当に近いことを言っても、疑わしそうな顔をしていたものな。

安吾は世の中でいちばん心を許せた大井廣介を偲びながら明治通りを池袋方向に闊歩する。すぐに学習院の森や雑司ケ谷墓苑が当時とあまり変わらない印象で迫ってきた。そして、彼は突然、自分が現在、死んでいる自分であり、世の中の誰もが、こんなところを歩いているなんていることを考えもしないだろうことに思い至った。

ああ、オレだってそうだった。人間、死んだら死にっきりで、はい、それまでよ、と思っていた。オレもいい加減な奴だったなぁ。ああ、恥ずかしい、恥ずかしい。

たしかに安吾はこう書いている。

人間は生きることが全部である。死ねば、なくなる。名声だの、芸術は長し、バカバカしい。私はユーレイはキライだよ。死んでも、生きているなんて、そんなユーレイはキライだよ。生きることだけが、大事である。ということ。……死ぬ時は、ただ無に帰するのみであるという。このツツマシイ人間のまことの義務に忠実でなければならぬ。私はこれを人間の義務とみるのである。(「不良少年とキリスト」)

まあ、いいか。オレはたしかに死んでいるが、オレの嫌いなユーレイになったわけじゃない。恨みのある奴でもいたら祟ってやって、ヒュードロドロって出てやってみたいものだが、そんな奴はいないしなぁ。だから弁解させてもらうが、オレが「不良少年とキリスト」を書いたのは、太宰治の思っていることが手に取るように分かったから、ちょっとからかってみただけなのさ。

そして本当に言いたかったことは、このくだらない能書きじゃなくて、それにつづく一節「生きているだけが、人間で、あとは、ただ白骨、否、無である。そして、ただ、生きることのみを知ることによって、正義、真実が生まれる。生と死を論ずる宗教だの哲学などに、正義も真実もありはせぬ。あれはオモチャだ」という件りだったんだ。

いい気持ちそうに啖呵を切るような弁解をしながら、安吾は懐かしい西早稲田周辺を歩き回るのだった。

二　転居と代用教員時代

陸上競技や柔道、相撲などスポーツに熱中しながら文学、哲学、宗教に心を寄せ始めたのが戸塚町諏訪の自宅から豊山中学に通った安吾の少年時代ということがいえそうだが、この二年間に苛酷な二つの出来事が彼を襲った時期でもあった。

関東大震災と父・仁一郎の死である。それは転校して一年後に相次いで起こった。地震の方は、東京の下町の被害が圧倒的に大きく、安吾たちの住む東京市外の地域のことなど、まったくといっていいほど無視されているが、その被害は甚大だった。

――グラグラなんてものじゃない。天と地がひっくり返ったような感じだったな。だけど、オレは本当は臆病者なのに、こういう天変地異というか、大破壊の現場に遭遇するのが大好きだから、泰然としていたねえ。潰れろ、壊れろ、燃えてしまえ！と興奮はしていたが、逃げたり、悲鳴を上げたりはしなかった。嘘じゃないよ。潰れかかった家の中で、いちばん冷静に活動していたのは、オレ一人だった。
と安吾は大井廣介が聞いたら疑われそうなことを呟いて得意そうな顔をしているが、それは事実らしい。

奥野健男はこの辺りの事情を次のように書いている。

関東大震災の時、家の下敷きになった父への献身的な救助活動、また戦争下母と和解し、もっとも親孝行な息子として母をみとるなど、安吾は心の深い部分で無限に優しかったのだ。(「自伝的小説で辿る生涯」)

ほうれ、ちゃんと見ている奴もいるじゃないか。別に親子でなくても困っている奴を見れば、オレは手を差し伸べるし、一生懸命助けるさ。そんなことは当たり前だ。だから、こんなことはちっとも自慢しようとは思はない。ずっと後になってから、オレが正直に書いたとおり、大震災の時もこんな気持ちだったんだよ。

私は血を見ることが非常に嫌いで、いつか私の眼前で自動車が衝突したとき、私はクルリと振りむいて逃げだしていた。けれども、私は偉大な破壊が好きであった。私は爆弾や焼夷弾に戦きながら、凶暴な破壊に劇しく亢奮していたが、それにも拘らず、このときほど人間を愛しなつかしんでいた時はないような思いがする。（「堕落論」）

父の死の方は、すでに新潟医大で胃癌の宣告を受けていることから、ある程度の覚悟が家族の中にはあったというものの、地震以上に残された遺族に大きな試練を与える。その死因は胃癌ではなく、後脳膜から発生した細胞肉腫だったが、家族の大黒柱を失った坂口家が大震災とは比較にならないほど大きな痛手を受けたであろうことは想像に難くない。

財産整理が進み、十万円を超す負債を抱えることになった坂口家は、もう、往年の名家の暮らしを存続できないところにまで追い詰められるのに、そう時間はかからなかった。しかし、このような状態でも地方の名家というものは、それなりの権威を持続できるらしく、一年余りその生活ぶりは変わらなかったし、安吾自身は父の死も大震災もどこ吹く風かという感じの中学時代を送っている。

うむ、親父が死んだからって、すぐ借金取りが押し寄せて、一家が路頭に迷い、オレが丁稚奉公に出されるようなことはなかったな。だいたいそんなことを考えてもみなかったから、オレはむしろすっきりした気持ちでスポーツに入れ込んだ。音羽の護国寺境内にあった豊山中学校は珍しく大震災の被害を免れたこともあって、この中学の最終学年はいちばん充実した時期といえるかもしれない。

だが、卒業する直前になって、いよいよ坂口家も家賃七十五円の借家に住んでいられないような状況になる。経費節減が至上命令となり、このときから安吾の放浪生活が始まったという見方もできるだろう。

まず、池袋に小さな家を借りてすんだが、これもまだ贅沢だということになって、大正十三年二月、兄・献吉とともに荏原郡大井町元芝のもっと小さな家に転居。そして来月、豊山中学卒業という時期になって、安吾は自分の進学か就職かの選択を迫られる。兄・献吉は前の年に早稲田大学を卒業してビール会社に就職していたが、坂口家を支える後継者に成長していた。

兄貴が卒業したらどうする、と聞いてきた時、オレは大学に行きたいと言ったんだけど「お前は勉強が嫌いなはずじゃなかったのか。大学というのは勉強するところだよ」と言いやがる。遅まきながらオレはこのとき初めて窮状を理解したね。そうか、金がないんだなってさ。

献吉は金のことは一言もいわなかったが、小学校の代用教員の話を持ってきた。自信はなかったが、安吾はその話に乗るよりほかにない。こうして彼は、荏原第一尋常小学校（現・世田谷区立若林小学校）の分教場（現・代沢小学校）代用教員となる。そして東京で初めて一人の生活をスタートさせた。大井町から荏原郡澤村松原への転居、すぐに代田橋へと目まぐるしいばかりの引っ越しが続いた。

そのころの東京郊外を安吾自身はこう書いている。

私が代用教員をしていたところは、世田ヶ谷の下北沢というところで、その頃は荏原郡と云いまったくの武蔵野で、私が教員をやめてから、小田急ができて、ひらけたので、そのころは竹藪だらけであった。（中略）その頃は学校の近所には農家すらなく、まったくただひろびろとした武蔵野で、一方に丘がつらなり、丘は竹藪と麦畑で、原始林もあった。この原始林をマモリヤマ公園と称していたが、公園どころか、ただの原始林で、私はここへよく子供をつれて行って遊ばせた。（風と光と二十の私と」

その小学校の分校というのは、教室が三つしかない寺子屋に毛が生えたような学校で、オレは五年生の男女混合組の七十人ぐらいを受け持たされたんだ。これはひどい生徒たちばかりで、三分の一ぐらいの生徒は、自分の名前も満足に書けない奴らだったなあ。当然のことながら、マトモな教育なんて出来やしない。また、マトモなことを教えるつもりもなかったがね。
とぼやきながら下北沢、代沢周辺を歩く安吾の表情は、先ほどまで西早稲田を闊歩していた時と比べて非常に優しい表情になっている。担当した生徒たちは、いたずら盛りの悪童たちが多かったが、彼にとってみんな可愛いかった。だから安吾はつづいてこう書く。

本当に可愛いいい子供は悪い子供の中にいる。子供はみんな可愛いいものだが、本当の美しい魂は悪い子供が持っているので、あたたかい思いや郷愁を持っている。こういう子供に無理に頭の痛くなる勉強を強いることはないので、その温かい心や郷愁の念を心棒に強く生きさせるような性格を育ててやる方がいい。(「風と光と二十の私と」)

安吾は何かマトモなことを教えようとする先生に対して反発しながら育ってきた悪童だったから、そんな先生にはなりたくない。落第生だった自分が代用とはいえ教師になることさえ噴飯ものなのに、教える側に立って見ると、どのように子供と接するか、どういうことが教育なのかという本質ばかりを考えさせられるのだった。
だから生徒たちの〝安吾センセイ〟に対する評判は非常にいい。平成八年世田谷美術館で開かれた坂口安吾展の案内小冊子の中でインタビュー構成された教え子たちの声を紹介してみよう。

こんな親切な先生って思ったくらいです。というのは、怒らないんですよね。説明するときしか棒は持たないしね。年齢的にも、先生というよりは兄貴みたいな感じでしたね。体格もいいし男前もいい、十九歳くらいの青年でしょ、やさしくて怒った顔しないんだから、女の子なんか喜んで休まないで来てました。先生の後を追いかけ回したのがいたのも知ってますよ。（斉藤直子）

僕らのようないじめられっ子の面倒もよく見てくれました。仲間の悪い奴がいまでいうトマト、そのころはオバケナスって言っていたんだけど、盗んでこいっていうんですよ。先生は「おまえみたいに体が小さい奴は、いじめられたらにげてかえっちゃえばいいよ」って教えてくれた。（斉藤定男）

この斉藤定男さんにトマトを盗めと強要した悪ガキにも、決して怒らず「法律ではね、人の物を盗るのは罪が重いんだよ」と簡単に諭すように言って聞かせていたというのだから、安吾の一般的なイメージとは大きくかけ離れるぐらいの優しい先生だったらしい。

――いや、いや、何だかテレクさいな。でもな、本当にオレは生徒たちにモテたんだぞ。この分教場の主任の家に下宿して一里あまりの学校まで、オレは徒歩で通っていたんだが、生徒たちも半数ぐらいはそれぐらい歩いて登校している奴が多かった。だから学校に着くまでに三十人ぐらい一緒になってな、キャア、キャア、キャア騒ぎながら通ったもんだ。

いまでは環状7号線や井の頭通りの交通過密地帯だが、まだ田圃ばかりの田舎道を安吾は己自身を見るような悪ガキの兄貴分のような気分で歩いていたのだった。

ある意味で優等生のような教師像がうかがえて、いささかこちらも面映ゆいが、安吾らしい一面もなかったわけではない。夏に紺の着物に袴をつけてきたりもしたが、だいたいは季節を問わず詰襟の学生服一丁で押し通し、下宿の壁には褌が掛けてあって、訪ねてきた父兄を驚かしたこともあった。〝壁フン先生〟と陰で呼ばれていたという話もある。だが、これも好意ある呼び方であって、安吾は父兄にも好かれる先生だったようだ。

何故か気に入らぬ。それは安吾も同じだったと意地でも思いたい。いきなりで恐縮だが、このままでは安吾の代用教員時代が〝美談〟として語り継がれていく危険性を感じる。たしかに、こういう〝美談〟も安吾の本質には違いないが、どこか無理をして〝いい子ちゃん〟をしている部分を感じ取らなければなるまい。

だからさ。オレの教員生活は一年しか続かなかった。悪ガキたちに好かれ、父兄、にも好かれ、楽しくいい気持ちでいられるのも悪くはないが、もう一つしっくり来ねえんだよなあ。この気持ちのいい安定感がどうも気に入らねえ。

たびたび引用することになるが、この辺の安吾の気持ちを杉森久英は次のように述べている。

彼は行雲流水のように生きようと思っていた。出家の精神である。豊山中学は坊さんの学校であるから、彼も在学中に、知らず知らず仏教的空気に染まったのであろうか。行雲流水の心境に達するには、何事にも怒らぬこと、悲しまぬこと、喜ばぬこと、人を憎まぬこと――つまりあらゆる感情を超越することが必要である。二十歳の青春を迎えた彼は、そういうことに心を砕いていた。（「小説・坂口安吾」）

あまり上手な説明ではないが、要するに安吾は、もっと仏教を学んで僧侶になり、悟りをひらきたい、という気持ちを代用教員時代に膨らませ続けていたということである。そしてもう一つ、小説家になりたいという野心も抑えることができないぐらい膨れ上がってきたということも、杉森久英は指摘している。兄・献吉や豊山中学の友人たちの影響によって惹かれ始めた文学への思いは、もう抑えきれないほどになっていた。

だが、これらの志望や野心は、明らかに行雲流水という指標に矛盾する。欲望から自由になりたいという目標はいいとしても、大学に入って仏教の勉強をしたいとか、小説を書きたいとかという思いは自分の欲望に捉われているからではないか。このまま教師を続けながらもできることではないか、と安吾は思い悩まねばならなかった。

第五章　異色の新進作家誕生まで

一　東洋大学とアテネフランセ

安吾が代用教員を依願退職して、東洋大学印度哲学倫理学科に入学したのは、大正十五年四月のことである。すぐに年号が変わって昭和が始まる年のことで、安吾は二十一歳になっていた。

——この頃のことは「二十一歳」というオレの小説を読んでくれりゃ、だいたいのことは分かるだろう。大真面目で勉強一筋といえば聞こえはいいが、常識では考えられないようなひどい時期で、笑っちゃうより仕方がないような日々だったな。

と、呑気なことをいいながら池袋周辺を歩き回る安吾だが、もう当時とはすっかり変わり果てている周辺の風景に、彼も目を丸くするより手がない。

そのころはよく引っ越した。引っ越しの張本人は僕で、隣家が内職にミシンをやっていてウルサイので引っ越し、その次はピアノの先生が隣りにあってウルサくて引っ越し、僕が勝手に家を探して(中略)とうとう板橋の中丸というとこへ行った。池袋で省線を降り、二十分ぐらい歩くと田園になり、長崎村というところを通りこし、いよいよ完全に人家がひとつもなくなって、みはるかす武蔵野、秩父の山、お寺の隣りであった。(「二十一歳」)

いまでいえば池袋をターミナルとする東武鉄道、西武鉄道沿線の各地を、ひょい、ひょいと飛び回る安吾の姿は、いかにも身軽だが、当時の面影はもう、どこにもない。さすがの安吾もうんざりして、若き日に抱いた青雲の志を雑踏の中で偲ぶよりほかなかった。

――なにしろ「悟りを開こうという青道心」だったからな。求道の厳しい決意というか、仏教の真髄を究めてやろう、という意欲はわれながらすさまじかったね。睡眠時間を四時間と決め、残りの時間はただ、ただ仏教書、哲学書を読み、ひたすら勉学に励んだんだが、いかに悟りを開こうとしても体がついてこない。睡眠不足という奴にゃ勝てないということを思い知らされたね。でも、眠くなったら水をかぶって頑張ったんだが、体の生理ってものがある。オレは昔の聖賢のように偉かぁねえんだ、と、つくづく思ったね。ああ、恥ずかしい、情けない。

睡眠四時間が一年半つづくと、神経衰弱になった。パーリー語の祈祷文を何べん唱えても精神はますますモーローとなり、意識は百万へ分裂し、ついに幻聴となり、教室で先生の声が聞こえず大いに迷惑した。（同）

――本当に気違いになるんじゃないかと思ったね。発狂への恐怖から相手かまわず手紙を書いたり、夏休みに入ったら新潟に帰って、日本海の荒波にもぐれば、神経衰弱なんか吹っ飛んでくれるだろうと思ったものだ。ところがどっこい、敵は甘くなかった。実際やってみると、かえって疲れて眠くなる。打つ手なしという感じだったな。

さらにややこしいのは、この頃になって安吾はようやく異性に興味を抱く〝思春期〟に突入したようだ。夏休みで新潟に帰省した折、親戚の娘が連れてきた女中に色っぽい流し目をされて心を騒がせたり、大工の棟梁の小間使いを可愛いと思い、母に頼んで結婚させて貰おうかと悩んだりした。

遅い〝性の眼覚め〟という感じだが、「求道者」とか「悟り」という言葉に異常なまでに惹かれてまっしぐらに突進する安吾を小川徹は次のように分析する。

このような高揚した自己に対する使命感のなかで、性への関心は抑えられ、なお眠りつづける。「大人の世界」を背にして「子供の世界」の思想へ、一歩近づいた彼である。子供が大人になってゆくとき、好奇心として性にひかれる者と、子供のまま、大人になってゆきたいとする者と二種類あるが、安吾の場合、いこじにも、後者に固執した。(「坂口安吾・その性と変貌」)

安吾の神経衰弱には、このように複雑な要素が絡み合って、まさに〝打つ手なし〟の状況に陥っていたのだろう。ところがこの最悪の状況こそが、安吾を本格的に宗教より文学に向かわせたといえなくもない。

彼に言わせれば「妄念をはらうため」東洋大学に在籍のまま、フランス語の徹底的習得を思い立ち、アテネ・フランセに入学。フランス語を通じてモリエール、ヴォルテール、ボーマルシュらの文学や思想に触れたことが大きかった。そして同じクラスに菱山修三、長島萃がいて、大きな影響を受けたことも見逃せない事実である。

さらに交遊の輪が広がって、芥川龍之介の甥・葛巻義敏、若園清太郎、関義、江口清、山田義彦（きだみのる）などとも知り合いになり、読書会を開くようになったことが、文学に対する志を大きくしたのだろう。とにかく、フランス語に触れること、知り合った仲間と語り合って、キャンパスのある神田周辺を闊歩する安吾は、往年の生き生きとした表情を取り戻していた。

――うむ、たしかにフランス語に夢中になったねえ。東洋大学では、梵語、パーリー語に夢中だったが、フランス語の方が神経衰弱の克服には向いていたんだろうな。モリエールなんて奴の小説を原語で当たって見な、こりゃあ、すごい奴だって感じれば、どんな病気だってぶっ飛んじゃうって気がする。

というわけだ。まさに〝妄念〟が払われたのである。神経衰弱を外国語に集中することによって治した人間は、世界広しといえども安吾ぐらいなものだろうが、そのおかげでアテネフランセから「賞《エロージュ》」を貰ったほどだから、半端な努力ではなかったろう。

しかし、これは世間一般でいう優等生的な勉学の結果ではなかった。発狂への恐怖や、自殺願望などの神経衰弱の症状に「参った」と思いながらも、彼は山中鹿之助のように「我に七難八苦を与えたまえ」とでもいった心境で立ち向かっていた結果という気がする。

それは「風と光と二十の私と」の中の自問自答「満足はいけないのか」に対して「あゝ、いけない。苦しまなければならぬ。できるだけ自分を苦しめなければならぬ」の実践であったのかもしれない。福田恒存にこの辺りのことを解説してもらうとこうなる。

坂口安吾のゆくてには宗教と堕落とのふたつの道があった。彼はそのどちらかひとつを選んだのではない――ふたつを同時にすくいとるものとして、かれは文学を選んだのだ。宗教も堕落も世間をすてるということ、世間にそむくという意味において所詮はひとつことなのである。(「坂口安吾」)

──へえ、いいことを言うじゃないか。福田センセイも。カッコよすぎてテレくさくなるけど、まったくその通りだし、その方が都合がいい。でもなあ、本当のことを言えば、オレが一時的にせよ神経衰弱を乗り越えられたのは、当時の変な友人たちのお陰だよ。この辺りのことは、オレの「暗い青春」あたりの小説群を読んでくれると分かるはずだ。

なかでも芥川龍之介の甥・葛巻義敏と自殺狂ともいうべき長島萃の二人は、安吾にとって欠かすことのできない〝良き友〟だった。といっても学園友情物語などではない。葛巻義敏が「坂口安吾選集」の月報で述べているように「はげしい敵意とそれに等しい親愛の情とのいりまじったものを感じつづけていた」交友である。

芥川龍之介がガス栓をくわえて死んだ部屋で、安吾と葛巻は何度も徹夜で同人誌「言葉」を編集しながら二人で一晩に五十枚も百枚もの翻訳をしたり、小説を書いたりして議論を闘わせた。

周期的に精神錯乱を起こし、その都度自殺を試みる長島との交流は、もっとすさまじい。葛巻の安吾に対する〝はげしい敵意〟など霞んでしまうほどの格闘が二人にはあった。

これは原文を読んでもらおう。

彼の死床へ見舞ったとき、そこは精神病院の一室であったが、彼は家族に退席させ、私だけを枕頭によんで、私に死んでくれ、と言った。私が生きていては死にきれない、と言うのだ。お前は自殺はできないだろう。俺が死ぬと必ず、よぶ。彼の狂った眼に殺気がこもってギラギラした。すさまじい気魄であった。彼の精神は噴火していた。灼熱の溶岩が私にせまってくるのではないかと思われたほどである。（「暗い青春」）

葛巻、長島だけではない。他の仲間たちとも安吾は必死の思いで格闘した。たとえば彼が書いた手紙の一節を見ると、安吾は仲間と格闘しながら自分自身と格闘している姿が手に取るように分かる。

君の発狂性はその可能性はあるが、まだまだ圧えることもでき、当然一生発狂せずにくらしうる力ももっているのだ。そこへゆくとぼくの狂性はそうはいかない。ぼくは芸術の上で力と力のオウイツから、どうしても狂せずにはおられないことがハッキリ近頃キモに銘ずる。そうだ、ぼくはキモに銘ずる行動に対しても、即座に決然と処理し、一糸乱れない戦闘を調えることを知っているのだ。発狂なんてことは別に怖ろしいことではないのだ」（山口修三への手紙）

まことに傲慢な書きっぷりだが、ここには若き日の安吾の神経衰弱を克服して得た勢いを見ることが出来る。まだ十分、いや過分に不安は残ってはいる。その裏返しの気弱さを隠すためには、彼は自身をさらに鼓舞しなければならなかったし、仲間を虫けら扱いにしても地獄の底から這い上がらなければならない安吾だった。

たしかにいま、安吾が雑踏の中で思わず呟いたように、彼が神経衰弱を乗り越えられたのは〝変な友人のおかげ〟だったのかもしれない。

小川徹はこの点を鋭く突いて次のように書く。

彼のまわりにいた「暗い青春」の仲間たちは、八、九人だったが、安吾の書いたところによると、アテネでは「賞」をもらうほどの勉強家であり、人一倍頑健で、風格もあり、エネルギッシュだった安吾のほかは、そろいもそろって、病人や絶望的な文学青年であったのも奇妙であり、ある意味では安吾という一つの個性を生みだすに、また好都合な培養土だったかもしれぬ。（「坂口安吾・その性と変貌」）

いずれにしても安吾は、アテネフランセによって息を吹き返した。そして宗教から文学への道を歩み始めた。

——まあ、そういうことになるのかね。どうでもいいことだが、いくらオレがいま身軽にどこへでも行けるといっても、あっちこっちに動かすのは、もう、いい加減にして欲しい。その頃はな、母や妹まで東京に出てきて、これがまた大変だったたんだ。フランスに留学したらどうかと勧められたり、父親の追悼録「五峰余影」なども作らされたり、また、引っ越しをしなきゃならなかったしな。

と、ぼやく安吾の気持ちも分かるような気がする。こういう、いってみれば〝暗い青春時代〟の回想に及ぶと彼は瞬時も一か所にじっとしていられないほど各地に出没しなければならないからである。池袋や板橋周辺ばかりでなく、東洋大学のキャンパスに、故郷の新潟の海に、アテネフランセの仲間たちとたむろした神田三崎町周辺に、さらに仲間たちの家や仲間が入院している病院に——。

そして東洋大学を卒業した年には荏原郡矢口町字安方（現・大田区東矢口）に家が新築され、母・アサ、兄・献吉、妹・千鶴と同居することになったのだから、東京中を駆け巡る感じになる。さすがの安吾も少し疲れたようだ。

——まあ、自慢できるようなことは一つもないよ。たしかに神経衰弱を逆療法で退治したけど、健康になったら、習って覚えた外国語は全部忘れちゃったからな。ああ、情けない、恥ずかしい。

二　暗い青春の死闘と栄光

死んだ人間が疲れたというのもおかしな話だが、もしそうなら、少し休んで恥ずかしがったり、情けながって愚痴でもこぼしていて欲しい。こちらは勝手に先に進ませてもらうことにする。構うことなんかない。気に入らなかったら、ついてこなければいい。

さて、安吾と葛巻義敏を中心にした同人誌「言葉」が創刊されたのは、昭和五年十一月、彼が二十五歳の時である。

安吾は書いた。創刊号には翻訳マリイ・シェイケビッチの「プルーストに就いてのクロッキ」、第二号には小説「木枯らしの酒場から」。滔々と安吾の才能があふれだしたということもできようが、彼に言わせれば、まだまだ序の口だった。

——なあに、大したことじゃない。いや、いい加減なものさ。本当に安吾の才能なんて言われると、いまでも冷や汗が出るぜ。勘弁してくれ！

あ、どうやら気になって、ついてきているらしい。間違っちゃ困ると思ってハラハラしているのだろう。本当に豪放磊落に見えても小心者なんだから。どうぞご勝手に！

集まった原稿だけで本を出すのは不満だから、何か翻訳して、と葛巻がいう。だから、ここで徹夜したのは大概翻訳のためであったが、私は翻訳は嫌いなのだが、じゃあ小説書いて、とくる。私は当時はそう気軽に小説は書けないたちで、なぜなら、本当に書くべきもの、書かねばならぬ言葉がなかったから。私は一夜に三、四十枚翻訳した。辞書もひかずに、わからぬところは、ぬかして訳してしまうから早いのは当たりまえ、明快流麗、葛巻はそうとは知らなかった。(「暗い青春」)

というわけである。それに刺激を受けて葛巻も書く。その速さは安吾の比ではなく、一晩で百枚ぐらいの小説を書いた。しかし、彼は一作も発表はしないまま「言葉」は二号で廃刊となる。三号雑誌というのが宿命の同人誌とはいうものの、あまりにもあっけない終わり方だった。

これは安吾のせいというより、葛巻義敏の肉体的脆弱さが原因だったらしい。彼は叔父・芥川龍之介亡き後、芥川家に住みつき、「芥川全集」の出版にまつわるすべてを取り仕切っていたから、同人誌に全力投球できるエネルギーがなかったのかもしれない。

——うん、あいつは不健康な奴だった。原稿を書く速さには驚嘆したし、それは繊細な才能がある奴だったんだが、体がオレのように頑健に出来ていないのが可哀想だったな。「暗い青春」で書いたとおりだったよ。

葛巻の部屋は二階の八畳だ。陽当たりの良い部屋で、私は今でも、この部屋の陽射しばかりを記憶して、それはまるで、この家では、雨の日も曇った日もなかったように、光の中の家の姿を思い出す。そのくせ、どうして、こう暗い家なのだろう。（中略）大きな寝台があった。葛巻は夜ごとにカルモチンをのんでこの寝台にねむるのだが、普通量ではきかないので莫大な量を飲み、その不健康は顔の皮膚を黄濁させ、小皺がいっぱいしみついている。

同人誌「言葉」は、安吾の強烈な個性のもとに集まった同人雑誌といえるが、実質編集長ともいうべき葛巻がこの調子だから、安吾には打つ手がない。本当のところ、葛巻はカリエスだった。コクトーを熟読するこの傑物は、胸のレントゲン写真を安吾に見せ「どう?ちょっと、いやね」と言いながら大人のような笑い方をする男だった。

実際のところ、華々しく打ち上げた花火が線香花火同様の終わり方をしたのを安吾は苦々しく思ったが、この同人誌の意義があるとすれば、安吾の処女作ともいうべき「木枯らしの酒倉から」が掲載されたことにあるというべきだろう。

——しょうがないやね。どうせオレは、まだまだ本当の意味で書く言葉を持っていなかったし、もっと、もっと世の中のことを知らなきゃいけないと思っていたから、同人誌の一つや二つ潰れたってどうってことはなかったね。

これはどうやら本心らしい。たしかにその頃の彼は「何を書いていいのか分からぬ。もっと苦悩しなければならぬ」という思いの方が大きかったのだろう。そのため安吾は、あらゆる体験をしなければならぬ、と思い立ち、カフェーの支配人の募集に応じ、その面接に出かけたり、サーカスの一座に構成、演出、雑用などで使ってくれないかと頼みこんだりしている。

しかし、今度は山田義彦（きだみのる）が頑張って、すぐに「言葉」の後継誌として「青い馬」を岩波書店から創刊できた。これにより安吾はふたたび書く舞台を与えられ、最大の転換期、異色の新進作家誕生の幕が開く。

創刊号には「ふるさとに寄する讃歌」と「ピエロ伝道者」を書いた。それだけでも大変なことなのに、この二作だけではない。ヴァレリイの「ステファヌ・マラルメ」、コクトーの「エリック・サティ」の翻訳二編も同時に発表しているのだから、この辺りは誰にも真似が出来ないエネルギーだろう。

なかでも「ふるさとに寄せる讃歌」は、何度繰り返し読んでも、読者に深い感動を与える血の出るような思いが、文章が連なる。声を出して読んでほしい。

長い間、私はいろいろなものを求めた。何一つ握ることができなかった。そして何物もつかまぬうちに、もはや求めるものがなくなっていた。私は悲しかった。しかし悲しさをつかむためにも、また私は失敗した。悲しみにも、また実感が乏しかった。私は漠然と、拡りゆく空しさのみ感じつづけた。涯もない空しさの中に、赤い太陽が登り、それが落ちて、夜を運んだ。そういう日が、毎日つづいた。何か求めるものはないか?私は探した。（「ふるさとに寄せる讃歌」）

念を押すために、奥野健男に解説してもらおう。ここには少なくとも坂口安吾の一つの頂点がある。

ここに坂口安吾の美意識や指向性や発想のすべてが示されている。蒼空、そこに自分を同化させる、これは坂口安吾の美意識のふるさと、あるいはあこがれの根源的な象徴である。安吾の〝原風景〟と云ってもよい。（中略）坂口の作品には、青空、風、光、波、海など切なく、かなしいほど澄んだ、透明なイメージが繰り返しあらわれる。これらは人間精神の上昇志向の表象であり、地を這う汚辱から清められたい、高められたいという願望の無意識の表現である。（「虚無的合理主義者」）

――参ったなあ、何度もいうようだけど、オレはお世辞には弱いよ。しかし、そう手放しに褒めてくれるな。こんなものは、まだ、まだ、まだ、まだ、百万回まだ序の口よ。

と、盛んに安吾がテレている。しかし岩波書店がバックに着いた同人誌だから「言葉」とは格が違う。比較にならないほどの反響があった。そして、つづく第二号に発表した「風博士」によって安吾は突然、いまでいう〝大ブレイク〟をするわけだ。

創刊号で翻訳したエリック・サティの影響が色濃い「風博士」は、日本では前代未聞の小説である。このサティは作曲家だが、同時に詩人であり絵も描く。そして、そのファルス的な作品と生活ぶりは安吾に決定的な共感を与え、アナーキーに、そして誠実に生きつづける孤独な行動者としての指針となった。

問題の小説「風博士」は、前にも紹介したが、その一節をふたたび味わってもらおう。


諸君、偉大なる博士は風となったのである。果たして風となったか?然り風となったのである。何となればその姿が消え失せたではないか、姿見えざるは之即ち風である乎?然り、之即ち風である。何となれば姿が見えないではない乎。これ風以外の何物でもあり得ない。風である。然り風である。風である、風である。

これを「文藝春秋」の付録「別冊文壇ユーモア」で、当時の第一線作家、牧野信一が激賞した。これもすでに紹介しているが、再録しよう。

厭世の偏奇境から発酵したとてつもないおしゃべりです。これを読んで憤ろうったって憤れるはずもありますまいし、笑うには少々馬鹿馬鹿し過ぎて、さて何としたものかと首をかしげさせながら、だんだん読んで行くと重たい笑素に襲われます。（中略）そんな感じの小説を読みました。（中略）私は、ファウスタスの演説でも傍聴しているみたいな面白さを覚えました。奇体な瓢逸味と溢るるばかりの熱情を持った化物のような弁士ではありませんか。（中略）作者の名は坂口安吾です。（中略）その変な、傑れた小説というのは「青い馬」と称う同人雑誌に載っています。

これは安吾にとって、まさに快挙だった。彼はその頃、人に隠して大きな野心をふくらませていたのだから。健康になった体も心もそのために疲れ果ててしまうほどの野心について彼は「暗い青春」の中でこう書いている。

その野心は、ただ、有名になりたい、ということであった。ところが私は、ただ有名になりたいと焦るばかりで、何を書くべきか、書かねばならぬか、真実、わが胸を切りひらいても人に語らねばならぬという言葉を持たない。野心に相応して、盲目的な自信がある。すると、語るべき言葉の欠如に相応して、無限の落下を見るのみの失意がある。

その野心がここに実現した。飛び上がって喜ぶはずの彼は、ここでは慎重に駄目押し作戦に出る。慌てず騒がず、ただひたすら書くことに全精力を注いだ。

だいたい、有名になりたいなどという〝野心〟を抱くことなど、行雲流水、のように生きようと誓った安吾にとっては、恥ずべきことだったのに、サティやポーの影響を受けて破れかぶれで書いた作品を一度褒められたぐらいで、他愛もなく舞い上がってしまうのは、さらにもっと恥ずかしいという思いもある。そんな自分は許されるはずがなかった。

——でも不思議なものでねえ、一度認められると書けるんだよ。語るべき言葉を持たないなんて悩んでいたことなんかケロリと忘れてさ。まったくオレって奴はいい加減だねえ。

と安吾は謙遜するが、そうではあるまい。長い間の被虐趣味とでもいうべき鍛錬によって、彼は突然、開花したと言ってもいいだろう。牧野信一の「風博士」に対する激賞は、ほんのちょっと、安吾の背中を押したにすぎない。彼は壊れたラジオを蹴っ飛ばしたら、素晴らしい音色で鳴りだしたような飛躍を遂げたのである。

つづく第三号に渾身の一作「黒谷村」を発表。これを島崎藤村が褒め、宇野浩二が推挙した。これら当代一流の作家たちに認められた安吾は、これで完全に新進作家として文壇に認められ、この年の秋には大出版社「文藝春秋」誌上に「霧の海」を発表。少なくとも見せかけだけは、堂々と中央文壇を闊歩し始めたのである。

――うむ、〝壊れたラジオ〟って言い方は気に入るな。花田清輝なら〝まじりっけのない猪〟って言ってくれるかもしれないねえ。

と、安吾はちょっとばかり嬉しそうな顔を見せた。しかし、彼はすぐに苦しそうな表情に戻って、何か小声で呟いている。よく聞くとそれは自作「暗い青春」の一節だった。


青春ほど、死の翳をを負い、死と背中合わせな時期はない。人間の喜怒哀楽も、舞台裏の演出家はただ一人、それが死だ。人は必ず死なねばならぬ。この事実ほどわれわれは生存に決定的な力を加えるものはなく、あるいはむしろ、これのみが力の唯一の源泉ではないかとすら、私は思わざるを得ぬ。

それはすでに生の世界を離れた安吾が、常に自分に言い聞かせる呪文であり、もっと早くに死んだり自殺したりした〝仲間たち〟への鎮魂歌だったかもしれない。

第六章　酒と女、そして恋の季節

一　天国と地獄行ったり来たり

――ひどいもんだ。オレの人生、ロクなことはなかったね。二十六歳で新進作家様と持ち上げられて、そりゃ、そのときは舞い上がるわな。でも、いまになって考えてみりゃ、天国と地獄の間を行ったり来たりしていたようなもので、本人の気持ちは嵐の海に浮かんだ小舟のようなもんだった。

東京・銀座から京橋方面に向かって歩きながら、しきりに坂口安吾がボヤいている。しかし、その軽い口調に比べると、いささか表情は暗い。

それは、これから向かう文壇酒場「ウインザー」で出会った矢田津世子への想いが、いまもなお深く安吾の中に不思議な光彩を伴って渦巻いているからだ、と思いたくなる。

しかし、安吾をキリキリ舞いさせた世紀の恋の最中にも、酒と女の無頼図絵は展開され続ける。いや、この恋が真剣であればあるほど、複雑に錯綜する。非常にややこしい。だから順序を追わず、しばらくは矢田津世子だけをはずして、彼の言うこの当時――安吾二十六歳から二十九歳の〝天国と地獄〟を眺めてみることにしよう。その方がきっと分かりいいはずだから。

私はそのとき二十七であった。私は新進作家と呼ばれ、そのころ、全く、ばかげた、良い気な生活に明け暮れていた。（中略）世は不況のドン底時代で、雑誌の数が少なく、原稿料を払う雑誌などいくつもないから新人のでる余地がない。（中略）どうせ人生の落伍者だと思っており、モリエールだのボルテールなど、そんなものばかりを読んでおり、自分が何を書かねばならぬか、文学者たる根底的な意欲すらなかった。（「二十七歳」）

――まず、二十六歳になるまで、まったく飲んだことがなかったアルコールを牧野信一に教えられたのがまずかった。彼はオレを最初に認めてくれた大先生だから、勧められれば、飲まないわけにはいかないだろう。飲んでみりゃ、どうってこともないものだから、いくらでも飲むわな。いくら飲んでもケロッとしているもんだから、センセイ驚いてさ、お前は特異体質だって言っていたなあ。

安吾が二十六歳まで酒飲みではなかったなんて信じられないという人が多いだろうが、それは本当に事実らしい。続けてこう書いている。

そのころの雑誌の同人、六、七人集まって下落合の誰かの家で徹夜して、当時私たちは酒を飲まなかったから、ジャガ芋をふかして塩をつけて食いながら文学論で徹夜した。（中略）私が酒を飲みだしたのは牧野信一を知ってからで、私の処女作は「木枯らしの酒倉から」というノンダクレの手記だけれども、実は当時は一滴も酒を飲まなかったのである。（「同」）

まあ、どうでもいい。安吾は酒も女も相当〝オクテ〟だったのだろう。新橋、銀座、京橋周辺の酒場をご馳走になって飲み歩いていたうちは、まだよかったが、それに女が加わると安吾の生活は相当に乱れてくる。ことに春陽堂から出た牧野信一主宰の「文科」という〝半職業的な同人雑誌〟の同人になってからは、文字通り退廃的な日々が続く。

銀座のバー「はせ川」、そして京橋の「ウインザー」、東京の中央部からは、ちょっと離れるが、自分のアパートがあった蒲田の「ボヘミアン」などに通い詰め、そこのホステスやママと浮名を流したことは有名だが、未成年の女給から人妻、一杯飲み屋の醜女、娼婦など、無茶苦茶の無頼三昧だ。まあ、安吾のような〝オクテ〟の男には、よくありがちなことと考えてもいいし、彼一流の「他人と関係なく存在する俺」を地で行っていると考えるのも自由だろう。

主だったところを二人ほど紹介すると、まず挙げなければならないのが「はせ川」から「ウインザー」に移った坂本睦子だ。後に大岡昇平の「花影」のモデルになったことでも有名だが、このホステスには、文壇の作家たちは例外なく惚れた。だが、彼女が好きだったのは安吾である。

この坂本睦子について、安吾は何も書いていないとされているが、次の一節はどうだろう。

この娘はひどい酒飲みだった。私が惚れられたのは珍しい。八百屋お七の年齢だから、惚れ方が無茶だ。私たちはあっちのホテル、こっちの旅館、私の家にまで、泊まり歩いた。泊まりに行こうよ、連れて行ってよ、と言いだすのは必ず娘の方なので、私たちは友達のカンコの声に送られて出発するのであるが、私とこの娘とは肉体の交渉はない。娘は肉体について全然知識がないのであった。（「二十七歳」）

ここに書かれた女は、一般には吉原の飲み屋で知り合った十七歳の女給だとされているが、これを坂本睦子に置き換えてみても少しも不思議はない。多くの人は坂本睦子が昭和七年から十年ぐらいまで安吾の〝愛人〟だったという通説を信じているらしいが、自由奔放でありながら肉体交渉にはあまり関心のない、もっとプラトニックなものを大切にする女性であるところが共通している。

そういう女性を安吾は好きだった。世俗的な男と女の関係、決して〝性〟の問題を重要視していないのではなく、単なる肉体的な欲望の対象としての異性を安吾は好まない。それは〝同性愛者〟とされてしまっている折口信夫や〝同志愛〟しか認めないと誤解されている花田清輝などと同質の感受性というべきだろう。

――みんな勝手なことを言っていたらしいなあ。彼女が直木三十五に処女を奪われたとか、小林秀雄や河上徹太郎がプロポーズしたとか、中原中也が手厳しく振られたとか、そんなこと、オレ知らねえよ。世間の奴って馬鹿だなあ。彼女はもっと純粋でいい子だった。

と、安吾はどこか嬉しそうだ。

つづいて「ボヘミアン」の安子ママ。こちらは坂本睦子とは違って亭主持ちの大年増だし、いわゆる女性としての生活感覚を持っているが、安吾が惚れられたところは同じである。亭主と別れ、蒲田のアパートに一人住んでいる安吾のもとに、彼女は毎日通ってくる。掃除をし、食事を作り、押しかけ女房のような感じにさえなってしまった時期もあった。しかし、安吾は彼女をそれほど愛していない。

そんな私が、一人の女を所有することはすでに間違っているのである。私は女のからだが私の部屋に住みこむことだけは食い止めることができたけれども、五十歩百歩だ。鍋釜食器が住みはじめる。私の魂は頽廃し荒廃した。すでに女を所有した私は、食器を部屋からしめだすだけの純潔に対する貞節を失ったのである。（「いずこへ」）

——彼女はオレのために亭主と別れたっていうけどさ、それは違うと思う。いや、むしろ、亭主と別れるためにオレと恋をしたような気持になっていたんだろうよ。まあ、どうでもいいけど、オレも一度別れて、また半同棲に戻るようなことをやっていたんだから、いい加減なものよ。

また、心なしか安吾の表情が暗くなっている。

このような酒と女の日々——。しかし、そんな日常の中でも、それでダメになってしまうような安吾ではなかった。書くものはちゃんと書いている。

その何よりの証拠に「ＦＡＲＣＥに就て」のような傑作が生まれていることをあげなければならないだろう。これは安吾たちの同人雑誌「言葉」の後継誌として岩波書店から出されていた「青い馬」第五号に発表されたもので、彼の文学に対する姿勢、考え方が最も鮮烈に示されたものだ。

何度も引用するようで気が引けるから、別の部分を引用しよう。これはお題目のように、何度も何度も唱えてほしい。

諦めを肯定し、溜息を肯定し、何言ってやんでいを肯定し、と言ったようなもんだよを肯定し——

――つまり全的に人間存在を肯定しようとすることは、結局、途方もない混濁を、途方もない矛盾の玉を、グイとばかりに呑みほすことになるのだが、しかし決して矛盾を解決することにはならない。人間ありのままの混濁を永遠に肯定しつづけて止まない所の根気のほどを呆れ果てたる根気の程を、白熱し、一人熱狂して持ちつづけるだけのことである。（「FARCEに就て」）

そして「青い馬」は象徴的にもこの号で廃刊となり、すでに〝新進作家〟として脚光を浴びていた安吾は、前述の「文科」の同人として歩き始める。小林秀雄、坪田譲二、嘉村礒多、井伏鱒二、河上徹太郎、中島健蔵などが同人で、錚々たるメンバーの一員として肩を並べたのである。

そして安吾はこの「文科」に、小説「竹藪の家」を連載している。これは「青い馬」に発表して島崎藤村や宇野浩二が褒めた「黒谷村」より大きな成長が見える作品だった。

福田恒存は後にこの小説を高く評価して次のように書く。

人間性にたいする作者の洞察力を問題にするならば、「竹藪の家」はさすがに「黒谷村」を超えて深まってゐる――後者における龍然とその女とにたいする凡太の観察を、前者の与里夫婦についての駄夫の観照とくらべてみれば一切は明瞭であらう。凡太の心には人間存在の醜悪とその現実にたへる孤独の悲しみとが映っていた。（中略）「黒谷村」には悲哀の甘さがある。が、「竹藪の家」では、その限界を意識している作者の観照が道化の笑ひを導入し、（中略）人間の孤独なすがたが、より深くとらへられてゐるといへよう。（「坂口安吾」）

このほか「蝉」（文藝春秋）、「群衆の人」（若草）、「村のひと騒ぎ」（三田文学）、「小さな部屋」（文藝春秋）、「長島の死に就て」（紀元）、「姦淫に寄す」（作品）、「麓」（新潮）、などを書き継いでゆく。書くばかりではない。同人誌活動も積極的に行い、田村泰次郎の誘いで「桜」の同人に加わったり、同人にはならなかったが「紀元」の創刊に協力したりする。

特筆しなければならないのは、ドストエフスキー研究会を計画したことだろう。二か月に及ぶ準備期間をへて、蒲田の自宅で第一回目の研究会を開いたとき、彼は初めて自分が寄って立つ文学の〝根底的立脚点〟を見つけたと言っても過言ではあるまい。後の「吹雪物語」や「白痴」など、ドストエフスキーの影響が色濃く感じられる作品を生んだという意味ではなく、安吾がすでに持っていた天性の凛質がはっきり彼に定着したのである。

――ドストエフスキーって奴は、小説が下手な奴で可哀想になるぐらいだよ。文章ならオレの方がよっぽどうまい。でもな、こんな凄い小説家もまた居ねえんだ。おい、みんな、小説って、いったい何だと思ってんだ。一言で言えば「感動の書」よ。ペン習字じゃあるめえし、サラサラきれいな文章を書きゃいいってもんじゃない。腹に応えるようなズンとくるようなものでなきゃ、お子様ランチだ。上手はくだらん。下手糞がいいんじゃ。

ここにきて、いきなり安吾が大声を出した。

私はただ文章が巧かったので、先輩諸家に買いかぶられて、唐突に、新進作家ということになってしまったままであった。（中略）私はみずから落伍者の文学を信じていたのであった。（中略）しかし自信はなかった。ないはずだ。根底がないのだ。文章があるだけ。その文章もうぬぼれるほどのものではないので、こんなチャチな小説で、ほめられたり、一躍新進作家になろうなどと夢にも思っていなかった。（「二十七歳」）

このような境地から安吾が抜け出し、一つの確信を抱いたのが二十八歳の十月だったろうことは容易に想像できる。「行動」に発表した「ドストエフスキーとバルザック」は、このあたりの事情がはっきり読み取れる作品と言っていいかもしれない。彼は「文章が巧い作家」から「感動を与える作家」

へと舵を切ったのである。

それはある意味で、酒と女と牧野信一との関係から広がる人脈が彼を大きく成長させた時期ということもできるだろう。その間、師匠の牧野信一との亀裂まで含めて、彼が抱いた〝天国と地獄〟を超えて、安吾は着実に一歩、一歩前進していたともいえる。

そして、これらの出来事は、すべて酒場「ウインザー」が起点だった。中原中也との出会いと交流、さらに最大のポイント・矢田津世子とのからみも、すべてここで始まったのだから――。

さて、そろそろ、これまで避けて通ってきた矢田津世子に登場してもらわなくてはなるまい。わが安吾と美貌の芥川賞候補作家との恋だけに絞り込んで、彼のもう一つの天国と地獄を眺めてみよう。

二　矢田津世子との大恋愛

いきなり、ここで安吾が動いた。

京橋を渡り、八重洲通りの手前の東仲通りの横町に入った途端である。「ウインザー」があった場所はもう、目と鼻の先だというに――。

む、安吾、気後れしたか。それほどまでに矢田津世子と〝対面〟するのがまだ辛いのか、と勘繰ったが、そうではなかった。あっという間に安吾は京都にいる。涼しい顔をして四条河原町の繁華街を闊歩し、光と風の中を安吾は行く。

――オレが矢田津世子から逃げていると思ったか。そうじゃなくて、彼女と会う前に、河上徹太郎の紹介で京大生だった大岡昇平の下宿を訪問したのが、そのキッカケだったからだよ。そこで同じ京大生の加藤英倫と知り合いになってさ。彼が東京の「ウインザー」に来たとき矢田津世子をオレに紹介するというのが順序なんだ。うむ、大岡昇平にも、加藤英倫にも世話になったもんだ。

彼は毎晩、京都の飲み屋へ案内してくれて、一週間ほど神戸へもいっしょに旅行した。（中略）スエデン人の母を持つアイノコで、端麗な美貌であるから、京都も神戸も女友達ばかり、黒田孝子という女流画家のかわいい女に惚れられており、この人は非常に美人であったが、英倫はさのみこの人を好んでいるようでもなく、神戸の何とかという、実にまずい顔の、ガサツ千万な娘になんとなく惚れるような素振りであった。（「二十七歳」）

というわけである。あっけらかんとしている。ともかく安吾は、このとき、一か月半も京都で大岡と加藤の二人に酒を飲ませてもらって過ごしたのだった。後年、大岡昇平は少し迷惑そうな感じでこう書いている。

私は坂口安吾とは古い知り合いである。昭和七年、大学生であった私は、折柄京都に漂泊してきた彼に下宿を世話し、うまい酒を飲ませるおでん屋を紹介した縁がある。戦前の安吾なぞ、読者にとっても、彼自身にとっても、さして興味あるものでないかもしれないが、今坂口について感想を書こうとすれば、まずその頃の彼の風貌が浮かんでくるのである。個人的にはその後の彼は知らぬのだ。

(「放浪者坂口安吾」)

どうやら「花影」を書いた作者としては、そのモデルの坂本睦子の自殺に大声で泣いた大岡としては、安吾はあまり好ましい印象はないらしい、と取れないこともない。

まあ、こんなこともどうでもいい。彼自身の作品を抜粋して、一刻も早く〝坂口安吾と矢田津世子の世紀の大恋愛〟に話を進めよう。

――そうしてくれ、いまさらオレが話すのも何だかテレるじゃないか。「二十七歳」を順序立てて要約してくれればいいんだよ。それ以上でもなければ、それ以下でもない。勝手にやってくれ。

ビビっているかに見えた安吾は意外にケロリとしている。

矢田津世子は加藤英倫の友達であった。私は東京に帰ってきた。たぶん彼の夏休みではなかったのか。私には、もはや時日も季節もわからない。とにかく、私と英倫とほかに誰かかとウインザアで飲んでいた。そのとき、矢田津世子が男の人と連れ立って、ウインザアへやってきた。英倫が紹介した。それから二、三日後、英倫と矢田津世子が連れ立って私の家へ遊びに来た。それが私たちの知り合った始まりであった。(「二十七歳」)

これを皮切りに二人は恋に落ちる。もう止まらない。このとき矢田津世子は一冊の本を置き忘れていく。安吾はそれを届けに来いという謎ではないかと思案する。

私は置き忘れた一冊の本のおかげで、頭のシンがしびれるぐらい、思いにふけらねばならなかった。なぜなら私はその日から、恋の虫につかれたのだから。私は一冊の本の中の矢田津世子の心に話しかけた。遊びにこいというのですか。そう信じていいのですか。(同)

バカバカしい。安吾ともあろうものが。とは思うが、恋というものはそんなものである。とにかく初めて矢田津世子の家でその母親とともに歓待を受けた安吾は喜びに狂う。

その日、帰宅した私は、もはや、全く、一睡もできなかった。私はその苦痛に驚いた。ねむれぬ夜が白々と明けてくる。その夜明けが、私の目には、狂気のように映り、私の頭は割れ裂けそうで、そして夜明けが割れ裂けそうであった。（中略）その翌日は手紙が来た。私はその嬉しさに、再び、眠ることができなかった。（同）

いい加減にしてくれ！と言いたいところだが、まだまだ、こんなぐらいでは生易しい。二人は同じ同人雑誌「桜」に参加し、仲間の顰蹙をかっていた頃も、夢中になって会いつづけ、会って話をすること、無言でいること、どちらでもそれだけで幸せであり、苦痛であるという時期を過ごす。

矢田津世子に、あなたはなぜこんな不純な雑誌に加入したのですか、ときくと、あなたと会うことができるから、と言う。私は夢のごとくに、幸福だった。私は二ツ返事で加入した。私たちはしばしば会った。三日に一度は手紙がつき、私も書いた。会っているときだけが幸福だった。顔を見ているだけで、みちたりていた。別れると、別れた瞬間から苦痛であった。（同）

もう、勝手にしろ、である。しかし、やがて幸せより苦痛が勝るようになるには、さまざまな要因があった。

まだ私たちが初めて知り合い、恋らしいものをして、一日会わずにいると息絶えるような情熱のなかで暮らしていたころ、私たちは子供ではない、と矢田津世子が吐き捨てるように言った。それは愛欲について子供ではないという意味ではなく、私たちは大島敬司という男にだまされて変な雑誌に関係していたので、大島に対する怒りの言葉であったが、私は変にその言葉を忘れることができない。

（同）

——ええい、まどろっこしいな。そんなところはいい加減にすっ飛ばして、先に進まないと、いつまでたっても終わらないぜ。

たまりかねたように安吾が声をかけてきたが、そうはいかない。先に進みたいのは、こちらもやまやまだが、ここのところを踏んばらなければ、坂口安吾と矢田津世子の大恋愛の素晴らしさは分からなくなる。こんなバカバカしい恋を本気になってやる奴が、いまどき、どの世界にいるものか！

じゃあ、しょうがない。安吾を失意のどん底に陥れた津世子の〝愛人〟の存在を手短かに述べてしまおう。

要するに津世子には「男」がいた。文壇や同人誌「桜」などに大きな影響力を持つ時事新報社の大幹部・和田。妻子ある男との不倫の関係、毎週日曜日の密会。それは公然の秘密のような形で、知らない人はいないぐらいになっているのに、安吾は知らなかった。

それを知ったときの安吾の衝撃――。

みんな声をたてて笑った。私が、笑い得べき。私は苦悩、失意の地獄へつき落とされた。（中略）矢田津世子は日曜ごとに所用があり、「桜」の会はそのため日曜をさける例であり私もまた、日曜には彼女を訪ねても不在であることを告げられていたのである。いかなる力がともかく私を支え得て、私はわが家へ帰り得たのか、私は全く、病人であった。（同）

それでも安吾と津世子の恋が終わったわけではない。手紙を書き合っては会いつづける。会うと苦しくて安吾は一語もしゃべれないときがある。津世子は「一緒の旅行しましょうよ。登山したい、山の温泉に泊まりたい」という。安吾はただ笑い顔を見せるだけで精一杯なのに――。

その笑い顔は、私の心はあなたのことでいっぱいだ、いつもあなたをおもいつづけている、しかし、私はあなたと旅行はできない。旅行して、あなたの肉体を知ると、私はWと同じ男に成り下がるような気がするから。あなたにとって、私が成り下がるのではなく、私自身にとって、Wが私と同格になるから。私はあなたについて、Wのことなど信じたくないのだ。それを忘れてしまいたい。それを知らずにあなたを恋したあのままの心を、私は忘れたくないのだ、と。（同）

ここまでくると、矢田津世子が〝悪女〟に見えてくる。男の純情をもてあそび、自分は不倫の愛人関係をつづけながら、安吾に「私たちは子供ではない」とささやき愛欲の世界に誘惑する魔性の女に見えてくる。

しかし、ついに安吾にも限界が来た。津世子を思いきるために、この地獄から這いずり出るために、安吾は吉原の酒場で親しくなった女を伴って八日間の温泉への旅に出る。それでも旅先の宿ごとに津世子の幻影に悩まされ、ついには、

私はそのとき、矢田津世子は死んでくれればいちばんよいのだ、ということをハッキリ気づいた。

そしてそんなことを祈っている私の心の低さ、卑しさ、あわれさ、私はうんざりしていた。全く一と思いに、この女とこのへんの土地で、しばらく住んでみようかと、女には何喰わぬ顔で、思いめぐらしたほどであった。（同）

「私はもう、矢田津世子に会わなかった。まる三年後、矢田津世子が私を訪ねて、現れるまで」と、絞り出すように書いた一行で、この出来の悪い、しかし血の出るような想いを綴った「二十七歳」という小説は終わっている。

このプラトニックというか、矢田津世子に弥勒菩薩、あるいはベアトリーチェを見た男の純情を、一つの角度から鋭く迫った見方をする小川徹のような人がいることも忘れてはなるまい。相変わらずの深読みだが、ひょっとしたら当たっているのではないか、と思う人もいることだろう。

つまり、このときまで安吾は童貞だったのでは？

この仮説は前章に登場した安吾の最大の〝論敵〟長島萃の死によって浮かび上がる小川徹の確信であり、以後の安吾の生き方に重要な意味を持っていると言えるかもしれない。

通夜の夜、彼は死んだ長島によって決定的な復讐のシカケがつくられていたのを知った。長島は坂口安吾がまだ女を知らないことが、彼の盲点であるのを知っていながら、そのことを、長島は挑戦の具に使わなかったが、安吾は長島の妹の口から、長島が「梅毒」に汚れた体でたえず女を口説き、わざとホウタイをまいてビッコの杖をついて夜這いに成功していたことを明らかにされた。安吾の「堕落論」はこの夜に胚胎したのであろう。（「坂口安吾・その性と変貌」）

と、安吾を巻き添えにできなかった長島の怨念が矢田津世子に乗り移って〝復讐〟していることを指摘する。この長島と矢田津世子が多くの人には、きっと分からないであろう安吾の核となっていることを、小川徹は言っているのである。これが〝暴論〟ばかり並べたてる小川徹の真骨頂だ。

彼は昭和七年ウインザーなるバーで会った「モナリザ的美女」を忘れられなくなって以来、（中略）「他人と関係なく存在する俺」ではありえなくなった。その驕慢な仮面であった彼の文学と生活を滅茶滅茶に破壊し、彼女は風のように去ってしまうのである。たとえていうならば、長島萃は矢田津世子として生まれかわり、安吾は何も見えぬ透明で「退屈」なふるさとから出直さざるをえない。「生」または「堕落」は、現実の言葉の意味を安吾に断固としてみせつけたのである」（同）

――…………。

安吾はいま、何も語らない。「人間の過去は、いつでも晴天らしいや」と言い続けた安吾が、いま、珍しく沈黙を守って、光と風と波に向かって少し眩しそうな表情で佇みつづけている――。

三　安吾童貞説とインポテンツ説

河出書房新社の「文芸読本・坂口安吾」（昭和五十三年）に奥野健男、佐々木基一、野坂昭如の座談会が掲載されている。あらゆる角度から安吾を語り、それぞれの視点が実に面白いのだが、安吾と津世子の恋愛部分だけは「安吾インポテンツ説」が紹介されているのがちょっと興味を引くだけで、何とも精彩がない。要約抜粋してみよう。

全集の手紙を読んでも、どうもよくわからないんだ。なんかひとり相撲みたいな恋愛ですね。そのくせバーのマダムと同棲しているんですよ。（奥野）

女性に対しては、純情可憐なところがある。中世の騎士みたいな、マリア信仰みたいなところがあるんですよ。だから津世子を聖女と思っていたのでしょう。（佐々木）

そう思うと袋小路に入っちゃうわけですね。そういう意味での妄想にずっとこだわっていたら、たとえばマスターベーションなんかしていたのかしら。(野坂)

大井廣介が安吾の吉原通いを「インポテンツのくせにあんなところへ行ったってしょうがない」と言っていたけれど本当のことはぼくはよく知らない。(佐々木)

坂口安吾インポテンツ説というのはだいぶあるようですね。自分は特別淫蕩だと思って性欲を抑えて聖者になろうとする小説を書いたりしている。(奥野)

常に何かになりたかったんですね。聖者とか競輪の名手とか。何かになりたいという風な積極的なものか、それともどこかに逃げているんでしょうか。(野坂)

こんなことを言われては「なにを、この野郎!」と怒り出すはずなのに、安吾はまだ何も言わない。前節で紹介した小川徹の「安吾童貞説」とこの大井廣介の「インポテンツ説」に対して安吾が沈黙を守るのは、それらが正鵠を射ているからか、あるいは、あまりにもバカバカしいからか。

もし問題にするなら、この両説をトコトンまで押し進めて正しく検証してみることが必要だが、安吾が酒を飲むことを二十六歳までしていなかったことと考え合わせると、矢田津世子と出会うまで安吾は童貞だったという視点は、非常に面白い。坂口安吾の女として〝公認〟されているはずの坂本睦子にしても、吉原の女給にしても、本当に安吾と肉体関係はなかったのかもしれないのだから。インポテンツ説の方も笑って見過ごせないものがある。おそらく身体的な欠陥ではなく、心因性のものだろうが、

恋とか愛とかいうのとはやや違った種類の女性関係を、安吾は二十七―二十八ころから持ったと考えられる。その典型は酒場「ジプシー」のマダム富子との交際や同棲、梶三千代との結婚などである。これは精神的存在というよりは、ただ肉体的存在として安心できる相手との接触――交流ではない――であろう。（福島章「坂口安吾の病跡」）

という見方をすれば、思わず納得させられそうになる。これを一笑に付し、無視するのだったら、せめて次のような視点を持たなければなるまい。

津世子との恋愛のありようにひとは安吾のプラトニック・ラブをみている様子である。そう見ても差しつかえなかろう。精神と肉体、夢と現実、こういった古くて新しい問題の前で安吾は常に初心であった。それはほとんど滑稽なインファンティシズムと呼んでもいいような初心であった。これもあ

の安吾が一生守護しつづけた身内の〝少年〟と無関係のことではなかったかもしれぬ。(野島秀勝「坂口安吾論」)

だから安吾が沈黙しているのも無理はない。これ以外にも二つの理由がある。

一つは矢田津世子との恋は終わってはいないからだ。いや、小説「二十七歳」は、最後に「私はもう、矢田津世子に会わなかった。まる三年後、矢田津世子が、私を訪ねて、現れるまで」と書かれているが、この三年間の方が、そして、彼女がこの世を去る残りわずかの期間の方が、彼にとっては本当の恋との葛藤だったからである。

もう一つは小説「二十七歳」と「三十歳」までの三年間というものを、二人の完全な没交渉の時期であり、安吾が三十一歳の三月、本郷の菊富士ホテルに移住してから新たな復活があったと思ってしまっている私たちの誤解を釈明する術を、安吾が持っていないからだろう。

安吾が沈黙を守るなら面倒くさい。少し煩雑だが、この間の事情を簡単に端折って並べておこう。

安吾の二十七歳から三年間、二人の交流がなかったというのは嘘である。実は小説「二十七歳」は、安吾の二十八歳の頃の部分がかなり多く書かれていて、熱に浮かされたように逢いつづけた時期とダブっている。お互いに結婚する、しないなどと譫言を言い合ってヘトヘトになっていたのも、安吾二十八歳の前半であることをまず、念頭に置かなければならない。時事新報社の最高幹部・和田が津世子の愛人であることが発覚したのも二十八歳の時だし、その煩悶によって安吾が「もう会わない」と決心したのも二十八歳に入ってからなのだ。

その後、安吾は確かに津世子と会いたいためだけに参加していた「桜」の同人の集まりには顔を出さなくなったし、ドストエフスキー研究会を発足させたり、新しく創刊された同人誌「紀元」を外部スタッフとして応援することに熱中して、他を顧みない時期がしばらく続いたが、半年もたたないうちに病床に臥す彼女を見舞っている。これも安吾二十八歳の秋。津世子の方からも安吾三十歳の七月「黒谷村」の出版を祝う手紙が送られてきたし、抑制すればするほど両者の思いは以前より濃密に燃え上っていたというのが事実だろう。つまり、二人の交流がなかった時期などはなかったと言ってもいい。

しかし、二人はお互いに自分の心を偽って、本当に離れようと努力していたこともまた事実である。安吾は酒場「ボヘミアン」のマダム・お安と本格的な同棲生活に入り、津世子を忘れようと必死の愛欲生活に爛れていたし、津世子は津世子で妻子ある和田との不倫の生活にきっぱり別れを告げて、流行作家・大谷藤子とともに小説の研鑽に励み、創作活動に打ち込んでいた。

安吾も津世子も精神的には、私たちが想像する以上に初心であり、〝少年〟、〝少女〟の心を持っていたようである。

このころの二人の状況を近藤富枝は次のように書く。

安吾が津世子に出した手紙を読むと、文学への熱い思いを語る少年のような初々しい文章ばかりなのに驚かされる。一方、津世子には同じころ作家の大谷藤子が同性愛者として密着し、安吾との仲をはばんでいた。和田より藤子の方がライバルとして強力だったことを安吾は知らなかった。津世子は恋愛や結婚よりもこの時期文学での成功を望んでいて、小説の導き手がほしかったのだ。献身的につくす藤子に津世子はすがった。(「実らなかった安吾と津世子の恋」)

これには少し異論がある。近藤富枝は「和田より藤子の方がライバルとして強力だったことを安吾は知らなかった」と書いているが、これは間違っている。安吾はそんなことぐらい先刻承知だった。ただ、彼にとって津世子の愛人である時事新報の和田も、同性愛者で献身的に津世子に尽くす藤子も本当の意味では〝問題外〟なのだ。安吾の問題は終始一貫、津世子その人でしかない。

またOさんに悪いから。Oさんは自殺するから、と言った。あの人とOさんは友人以上に愛人であった。あの人と私のことがわかると、Oさんは自殺するであろう、というのだ。もとより私はそんな言葉は信じていない。（中略）この女流作家が怖れているのは、私の別れた女への義理人情や、同性愛の愛人へのイタワリなどであるはずはない。（「三十歳」）

というわけである。しかし、それは津世子にとっても同じことだった。問題は安吾ただ一人であって、自分が安吾に言っている世迷いごとなどは、取るに足らないものだったし、どうでもいいことなのである。

四の五の言わず、私を押し倒し、無理やり繰りにどうなとしてくれれば、自然に解決する問題であることは〝女〟である肉体は知り尽くしていた。ただ、そうなると、安吾が余計な、ややこしいことを考え、もう、どうしようもないほど、やり繰りがつかない状況になることまで含めて、彼女は懸命に察知していたのである。

私たちはお互いに、肉体以上のものを知り合っていた。肉体は蛇足のようなものであった。（中略）肉体を拒否するイワレは何もない。肉体から先のものを与え合い、肉体以後の憎しみや蔑みがすぐ始まっていたのだ。（中略）私はすでに「いずこへ」の女を通して矢田津世子の女体を知りつくし、蔑み、その情慾を卑しんでいた。矢田津世子も、何らかの通路によって、私の男体を知りつくしていたに相違ない。（「三十歳」）

このように見てくると、安吾と津世子の二人が本当に真剣で〝真面目〟だったことを改めて認識しなければなるまい。汚れちまった大人たちから見れば、どんなにバカバカしい〝プラトニックラブ〟であったとしても、その純情を笑う資格は世の中に住む、いかに品行方正で道徳的な生き方を良しとする人間どもにはない、と言ってもいいだろう。

いずれにしても、安吾も津世子も、この精神的にも肉体的にも苦しく切ない季節の中を悶々として生きつづけたのである。安吾にとっては、人間の愚かしささえ〝肯定〟する境地に向かっての修行、津世子にとっては、純粋な意味での文学修業という意味に捉えて見ることが必要なようだ。

この時期に書いた安吾の諸作品は「小さな部屋」、「姦淫に寄す」、「淫者山に乗り込む」、「金談にからまる詩的要素の神秘性について」、「悲願に就いて」、「蒼茫夢」、「枯淡の風格を排す」、「日本人について」、「逃げたい心」、「文章に関する一形式」、「西東」、「おみな」など、いずれも血がにじみ出るような作品群である。一つだけ一節を引用しよう。

私に避け難い知り難い嘆きがある。そのために私はお前におぼれているが、お前に由って救われるとは思いもよらぬ。苦痛を苦痛で紛らすように、私はお前に縋るのだが、それも結局、お前と私の造り出す地獄の騒音によって、古沼のような沈殿の底を探りたい念願に他ならぬ。（「小さな部屋」）

一方、津世子は安吾より早く「女人芸術」に発表した小説「反逆」でその才能を認められ、続く「文芸時代」の懸賞小説「罠を跳び越える女」で文壇デビューしていたが、いずれもモダンで左翼的なコント風の作品で、腹に応えるような作品はない。

もっと本当の文学作品を書きたい、という彼女の願いの前にあらわれたのが坂口安吾である。自分には全くない発想と才気を持つ安吾の作品群。その頃の安吾はまだ無頼派と呼ばれるような作家ではない。次々に生み出される安吾の清新な作品や人柄に触れ、現状から脱皮しようと悪戦苦闘する彼女には、資質は違っても、自分を大きく変えるあこがれの対象でもあった。

そして、その誠実な努力が、やがて芥川賞候補作となる「神楽坂」を生む。これも一節だけ引用しよう。

毘沙門天の前を通るとき爺さんは扇子の手を停めてちょっと頭をこごめた。そして袂へいれた手で懐中をさぐって財布をたしかめながら若宮町の横町に折れて行く。軒を並べた待合の中には今時小女が門口へ持出した火鉢の灰を篩うているのがある。喫残しの莨が灰の固りといっしょに打遣られるのをみて爺さんは心底から勿体ないなあ、という顔をしている。(「神楽坂」)

二人の作風の違いは、この二つの作品の一節だけを読むだけでも天と地ぐらいの違いがある。いや、まるで次元が違うというべきか。安吾は小説、あるいは文学とでもいった一つの形をぶち壊しても、書きたいことを書くという姿勢であるのに引き換え、津世子の方は従来ある小説、あるいは文学の形の中で、どう上手に書くか、ということに精力を注いでいるという感じがしないだろうか。どちらが良いというつもりはない。どちらも必死になって書いていることが痛いほど伝わってくる。

とまれ!このような二人へのサービスをいくらしてみても意味がない。ここはやはり、光と風と波の中を泳ぐ安吾自身に何としても沈黙から甦ってもらうしかないと願うばかりである。

四　恋の終わりと矢田津世子の死

——安吾が長い沈黙の後、ゆっくり歩き出したのは、言わずと知れた本郷・菊富士ホテルへの道である。

本郷三丁目の交差点を東京大学方面へ移り、菊坂を下って途中の長泉寺の坂を上る。その最初の路地を左折して突き当たったあたりが菊富士ホテル跡だ。昭和五十二年、戦災で焼失したホテルの跡地に建てられた記念碑に、当時の止宿者だった錚々たる文士たちの名前が刻まれている。

——何だ、これは。オレの名前まであるじゃないか。

長い沈黙の後に安吾は驚いたように独りごちた。そして、今まで無口だった安吾が急に饒舌になったのだから面白い。

宇野浩二、大杉栄、尾崎士郎、広津和郎、直木三十五、谷崎潤一郎、宇野千代、宮本百合子、伊藤野枝……。ははぁ、これは豪勢だ、混成部隊だ、なんでもありだ。へえ、オレも偉くなったもんだねえ。愉快、愉快！と、はしゃいでいる。

オレは矢田津世子には、熱病にかかったような手紙を馬に食わせるほど書いたが、ここから最初に書いた手紙だけは、世間の人たちが読めばマトモだったと思うな。なんせ、心機一転、すべてをやり直そうと気張って書いたからな。こういうの苦手なんだ！

今日、左記へ転居しました。
本郷菊坂町八二菊富士ホテル（電話小石川６９０３）
僕の部屋は塔の上です。愈々屋根裏におさまった自分にいささか苦笑を感じています。まだ道順をよくわきまえませんので、どういう風に御案内していいかわかりませんが、本郷三丁目からは近いところで女子美術学校から一町と離れていないやうです。どうぞ遊びにいらしてください。お待ちしています。仕事完全にできません。でも今日から改めてやりなおしの心算なんです。御身体大切に、立派な仕事をしてください。
津世子様安吾

なるほど、マトモもマトモ。ほかの馬に食わせるほど書いた手紙と比較してみると、そのマトモさが痛いほど伝わってくる。

いまの仕事は存在そのものの虚無性（存在そのものというよりほかに今のところは仕方ないのですが）を知性によって極北へおしつめようとしているのです。（中略）僕の虚無は深まるところまで深まったようです。おしつまるか、ぬけでるかで、もう仕方がないのです。（中略）僕の存在を、今後の書いている仕事の中にだけ見てください。僕の肉体は貴女の前ではもう殺そうと思っています。昔の仕事も全て抹殺。

津世子様安吾

おい、おい。もう手紙はいいよ。後はオレの小説「三十歳」を派手に使って何とでも書くがいい。オレはこの石碑に名前を刻まれた連中に久しぶりに御挨拶しなきゃならねえからな。おお！尾崎士郎大先輩、この人にはお世話になったもんだ！酔うと気前のいい人だったなあ。

安吾はご機嫌である。それともテレているのか、矢田津世子のことなど、どうでもいい、という表情でニコニコ笑っている。そうかい。それじゃ勝手に進ませてもらうぜ。

安吾が菊富士ホテルのてっぺんにある塔の部屋に移転したのは昭和十一年三月。ここから出した矢田津世子への手紙によって、二人の恋は新展開するというのが順序だが、それは以前にもましてじれったい行き違いの連続だった。

まず、安吾が菊富士ホテルに入る前、お安さんと決別した直後、まるで見張っていたように大森のアパートを訪ねた津世子の厳しい言葉から始まる。

「私はあなたのお顔を見たら、一と言だけ怒鳴って、扉をしめて、すぐ立ち去るつもりでした。私はあなたを愛しています、と、その一と言だけ」（中略）

「僕もあなたを愛していました。四年間、気違いのように、思いつづけていたのです。「この部屋で、四年前、あなたが訪ねてこられた日から気違いのようなものでした。いわばそれから、あなたのことばかり思いつめていたようなものです」（中略）

「四年前に、なぜ、四年前に（中略）それをおっしゃってくださらなかったのです。（中略）四年間……」（中略）

するとあの人は、うつろな目をあけたまま、茫然と虚脱し、放心しているのだ。（「三十歳」）

とまあ、こんな調子なのだ。菊富士ホテルの屋根裏の三畳間に引っ越してからも、二人は喧嘩ばかりしている。「三十歳」は、安吾と津世子がお互いに「愛しています」と告白し合いながら、睨み合い、喧嘩し合う何とも奇妙な小説なのである。

私があるとき談話の中で「女」という言葉を使ったとき、「女の人」とおっしゃい、とあなたは言った。私はヘドモドして、ええ？ハア、女の人、うわずって言い直してあやまったりしたが、私はしかし口惜しさで、あなたを軽蔑しきっていた。（中略）私の言葉づかいは粗暴無礼であるが、その女が、その女の人に変わったところで、その上品が何ものだというのであろう。

困ったものだ。お互いに愛し合っているのなら、そんなことで目くじらを立てないで、他にもっとやることがあるだろう、と思うのが普通の人間の感覚であって、言葉遣いなどの些細なことは、どうでもいいことであるはずである。ところが、そうはいかない。二人はお互いの肉体を求める行動には移らず、ひたすらお互いを糾弾し、弾劾する方向に精力を使い果たすのだ。

矢田津世子は、別れた女の人に悪いじゃないの、と言うのであった。そんな義理人情、私はさりげなく返答をにごしているが、肚では意地悪くあの人の言葉の裏の何ものかを見すくめて、軽蔑しきっている。（中略）この女流作家の凡庸な良識が最も怖れているのは、殺風景なこの時計塔と、そこに猿のように住む私の現実を怖れているのだ。

そして安吾は心の中で口汚く相手を罵るのである。満州に行ってしまいたいという津世子に「嘘だ、大嘘、マッカな嘘！」、「虚栄だ、見栄だ！」と叫ばずにはいられない。しかし、さすがの安吾も、この堂々巡りを打破するのは行動あるのみだと考えないわけではなかった。「求婚の形でか、より激しい狂気の形でか、強姦の形でか、とにかく何か一つの処置がなければならぬ」と。そして津世子から「帝大前のフランス料理屋でご馳走したい」という速達が届いた日、ついに安吾は決意する。津世子も同じ思いなのだから。

私は、矢田津世子に暴力を加えても、と思いを決していた。むしろ同意を求めて、変にクズレたウワズッたヤリトリなどをしたくはなかった。問答無用、と私は考えていたのだ。(「三十歳」)

しかし、さあ、安吾と津世子の〝濡れ場〟が始まるという期待は、二人の食事中から萎えてしまう。もう、じれったいったらない。二人はお互いの〝下心〟を感じ合って困惑する。二人が肉体を拒否しているわけではない。「その点は、むしろアベコベなのだ」が、

私たちはお互いに、肉体以上のものを与え合っていた。肉体を拒否するイワレは何もない。肉体から先のものを与え合い、肉体以後の憎しみや蔑みがすぐ始まっていたのだ。(中略)私たちは慾情的でもあった。二人の心はあまりに易々と肉体を許しあうに相違なく、それを欲し、それをのみ願って

すらいた。それを見抜き合ってもいた。（「同」）
ということになる。こうなると食事を終えて、菊富士ホテルの屋根裏部屋へ向かう道での二人の会話も、これから始まろうとする〝儀式〟を破壊する方向に進む。
「四年前に、私が尾瀬沼へお誘いしたとき、なぜ行こうとおっしゃらなかったの。あの日から、私のからだは差し上げていたのだわ。でも、今は、もうダメです」（中略）
「なぜ、ダメなんです」（中略）
「今日は、ダメ。またいつかよ」（「同」）
それなのに二人は屋根裏へ上る狭い階段を登り、小型の寝台に並んで座る。もう安吾には、無理やり掻き立てた情欲が全くない。わずかに残っているのは暴力を以てしても津世子を犯すという決意の惰性だけである。「ノロノロとにじりよるような、ブザマなありさま」で安吾は津世子に迫る。
たしかに、胸に抱きしめたのだ。（中略）風を抱きしめたような思いであった。（中略）私の惰性は、

しかし、つづいた。そして、私は接吻した。(中略)鉛の死んだ唇であった。(中略)私は茫然と矢田津世子から離れた。(中略)

「出ましょう。外を歩きましょう」(中略)

表通りに出ると、私はただちに円タクをひろって、せかせかと矢田津世子に車をすすめた。(中略)

「じゃア、さようなら」(中略)

「おやすみ」(中略)

それが私たちの最後の日であった。(「同」)

その日、昭和十一年二月二十六日。かの血なまぐさい二・二六事件当日、安吾と津世子は、ひっそりと別れ、以後、二度と会うことはなかった。

おい、おい。「三十歳」を自由に使っていいとは言ったが、中略、中略でバラバラにしいいとは言ってねえぞ！と尾崎士郎や宇野千代との対応に忙しい安吾が怒鳴っている。テレ隠しなのだろうが、どうやら気になって仕方がないらしい。

オレの「二十七歳」と「三十歳」なんて作品は、小説なんて呼べるものじゃないんだよ。本当は二十七歳から三十一歳までをずっと書き続けて、その真ん中を取って「二十九歳」という小説にしようという構想もあったんだが、その年代の頃、長島萃や牧野信一が死んじゃったりして、そりゃあ、大変な時期だったなあ。

どうやら本気になって弁解しているのも分かるような気がする。確かに長島と牧野の死は、安吾に大きな衝撃を与えた。長島の死は安吾二十九歳の二月。牧野の死は三十一歳の三月。矢田津世子との第一回目の別れと最後の別れは両者の死の直後である。

彼の死が不幸であるか、幸福であるかは、今私にはとても判断できない。（「長島の死」）
私は彼の純粋さには徹頭徹尾敗北だ。私は死ねないのだ。（「牧野さんの死」）

矢田津世子に対する狂気のような恋。これを超えるような衝撃が安吾を襲っていたともいえるだろう。「私たちには肉体があってはいけないのだ、ようやくそれがわかったから、もうわれわれの現身はないものとして、われわれは再び会わないことにしよう」と書いた津世子への絶縁の手紙。これを書いて安吾は泣くだけ泣く。しかし、その切なさ辛さは、長島と牧野の死を超えるものではない。

当時を追憶して私が思うことは、私はあれほど狂気のような恋をした。しかし、恋愛とは狂気なものであるが、純粋なものではない、ということについてだ。狂気とか、狂人という、いわば一つを思いつめた世界も、それを純一に思いつめたせいではなく、思いつめ方に複雑で不純な歪みがあり、その歪みが結局、狂気の特質ではないかと私は思ったほどである。つまり、人間を狂気にするものは、人間の不純さであるかも知れぬ、というワケになろう。(「三十歳」)

しかし、次元が全く違う問題とはいえ、昭和十九年、矢田津世子の訃報を聞いた折、安吾は長島の死、牧野の死以上の衝撃を受け、打ちのめされたような思いを抱かなければならなかった。狂気、不純な歪みをも肯定できる試練を安吾は抱え込まなければならなかったのである。そして以後ずっと、矢田津世子は安吾が書く作品に大きな影響を与え続けることになる。

おおい、もういいぞ。さあ、次へ行こう、次だ、次だ!

——安吾は菊富士ホテルの跡地から離れて歩きだしている。すでに彼の心は「吹雪物語」を書く京都へと向かっているのかもしれない。

第七章　汚濁と極寒からの蘇生

一　京都伏見と「吹雪物語」

てっきり、瞬時に京都の町に移動するのかと思ったら、安吾の姿は東京の下町にあった。涼しい顔をして両国橋のたもとをうろついている。

さっきまでの深刻な表情はなく、澄み切った青空の下、さわやかな陽光の中を肩で風を切るように歩く安吾は、本来の自分を取り戻したように颯爽としていた。どうやら矢田津世子を振り捨てて、新しく生き直そうと思っているらしい。

おい、おい、京都に行くんじゃなかったのかい？というこちらの疑問に答えるように安吾は饒舌に語り始めた。

——まあ、まあ、慌てちゃいかん。京都に行く前に、この両国で尾崎士郎がオレの送別会をしてくれたんだ。猪を喰わせてくれる店でなあ、その味が忘れられなくってなあ。オレ、猪を喰ったのは初めてでね。ちょいと臭みはあるが、あっさりしていていくらでも食える。胃にもたれない。無限に喰ったのを覚えているな。

昭和十二年の早春、宇垣内閣流産の頃である。世情は騒然とし、憲兵が物々しく走り回る東京で、安吾は猪を喰っていた。

──竹村書房の大江も一緒に尾崎さんが招待してくれたものだから、相当な量を喰ったはずだ。こんなご時世に呑気なもんだといわれるかもしれんが、こっちだって結構、必死だったんだ。世間の事情なんか構っていられるか！

飾り窓に大きな猪が三匹ぶらさがっていた。その横に猿もぶらさがっていたが、怨みをこめ、いかにも悲しく死にましたという形相で、とても食う気にはなれない。猪の方は、のんびりしたものである。ただ、まるまるとふとり、今や夢見中で、夢の中では鉢巻きをしめてステテコを踊っている様子であった。猿や牛では、とても、こうはいかないだろう。牛などは、生きている眼も神経質だ。猪という奴は、屍体を目の前に一杯傾けても、化けて出られるような気持には金輪際襲われる心配がない。（「古都」）

人はどう感じるかは知らないが、この場面の文章というか描写は、安吾の面目躍如である。原稿用紙千枚だけを持って東京を脱出する夜、安吾は猪の屍体を眺めながら、猪を食い、こう猪を思いやったのである。この感受性をどう評価するなどという問題ではなく、ただ、ただ彼の感じた猪への思いを、無条件に受け入れなければならないだろう。

どうのこうの、という理屈ではない。たとえば石川淳のように、まるごと安吾を許容できる人でなければ、安吾の本当の気持ちなど、理解出来るはずはないのである。

安吾は描写がヘタクソだといふ相場になっているそうである。そして当人もいっぱしそういふ料簡で、描写がどうした、くそ食らへという気合を見せてゐる。あきれたものである。あきれるのは世間の相場などなんぞではなくて、作者のはうである。安吾はもっぱらエネルギーを出し切ることに精いっぱいであった。そして、文章上の描写と呼ばれる幼稚園の手工のやうなものは、そのエネルギーの作用のほんの一端、こどもだましの余興でしかないといふ事情には、気をつかってみるひますら無かったろう。(「安吾のいる風景」)

しかし、この石川淳の正しい理解というか、飲み込み方だけでは、安吾の描写の素晴らしさを一般の人が理解できるわけがない。ここは全く違う論旨ながら、安吾を「猪にして豚であり、豚にして猪であった」と位置づけ、この認識が次第に深められて「かれの肉体を猛獣ととしてではなく、むしろ家畜として感じはじめる」と強引に安吾を猪と豚に例えて絶賛した花田清輝の一文に縋らなくてはなるまい。

間もなくかれは、かれの芸術の形成に大きな役割を果たした京都への放浪の旅へのぼるのだが、出発に当たり、猪の肉で送別の宴がはられたのは象徴的である。それから、やがて、われわれのまわり、茫々たる一面の焼野原に変えてしまった戦争がはじまり、かれの家畜意識を、いっそう決定的なものにする。戦後の発表された「白痴」が人間と家畜との同一視をもってつらぬかれ、白痴の女が、結局、一頭の豚に変形してしまうことに、何の不思議があろう。要するに、そこには白痴の女など、少しも描かれているわけではない。われわれの眼に映るのは、焔につつまれてのたうちまわっている坂口の肉体だけである。(花田清輝「動物・植物・鉱物」)

なに?かえって分かりにくくなった?ああ!もういいや。先へ進もう。

さあ、猪を喰ったら、いよいよ京都かと思ったら、そうではなかった。次に向かったのは東京駅である。一瞬で京都に移動できるのに、列車に乗って東海道を下るつもりか?

その疑問にも安吾はきまり悪そうな風情を見せながら呟く。

——この東京駅に、あんとき女が見送りに来たんだ。それが切なくてねえ。これも忘れられないんだよ。お笑い種だろ。でもな、そういうもんなんだ。猪を喰った後、尾崎士郎と別れて大江と二人、女のところへ別れを告げに行ったんだよ。大江は黙って行く方がいいのじゃないかと言うんだが、オレは、はっきり別れた方がいいと思ったんだ。そしたら送ると言ってついてきたんだよ。しょうがないよなあ。

「君は送ってくれない方がいいよ」と僕は女に言った。「プラットフォームで汽車の出る時間待つぐらい厭な時間はないぜ」（中略）しかし、女は去らなかった。プラットフォームに突っ立って、大江にも話しかけず、ただ、黙って、僕の顔をみつめていた。その眼は、怒っているように、睨むようにすら見えた。汽車が動き出すと、女は二、三歩追いかけて、身体を大切になさいね、身体全体がただその一言だけであるように、叫んだ。不覚にも、僕は、涙が流れた。（同）

この一節も人がどう思おうが、安吾でなければ書けない描写である。見送りに来た女は、もちろん矢田津世子ではない。坂本睦子であっても不思議はないが、「ボヘミアン」のお安さんであるとみるのが順当だろう。安吾は彼女に惚れてはいない。しかし女が他の男に好意を持つと嫉妬するという奇妙な関係なのだ。安吾にとって、お安さんは亭主持ちながら自分に惚れてくれて「毎日通ってくる女」であり、やがては「同棲する女」なのである。

女が私の所有に確定するような気分的結末を招来してしまっただけだ。良人を嫌いぬいて逃げ廻る女であったが、本質的にタスキをかけた女であり、私を知る前にはさるヨーロッパの紳士と踊り歩いたりしていた女でありながら、私のために味噌汁をつくることを喜ぶような女であった。（「いずこへ」）

この女が安吾を見送りに東京駅まで来た。そして最後の言葉に安吾は不覚の涙を流すのである。これはもう説明はいらないだろう。これが安吾だ！これが安吾なのである。

あ、安吾が動いた――。と思ったら、京都の嵯峨である。

――この辺も変わったなあ。隠岐和一の別宅があったんだが、どこがどうだか分からなくなっちゃった。その別宅で「吹雪物語」を書き上げようと思ったんだが、彼の妹が病気の療養のために住んでいたんで、長逗留できなかったからなあ。

と。方向音痴気味の安吾は戸惑っている。しばらくうろついただけで、すぐ移動したのが伏見だった。ここは伏見稲荷大社を中心に、まだ昔の面影を残しているところが多いが、これまた当時と比べればキレイキレイになってしまっている。

溝が年じゅう溢れ、陽の目を見ないような暗い家がたてこんでいる。路地は袋小路で、突き当たって曲がると、弁当仕出しと曖昧旅館が並び、それがどんづまりになっている。こんな汚い暗い路地へ客が来ることがあるのだろうか。家はいくらか傾いた感じで、壁は崩れ、羽目板は剥げて、家の中は真っ暗だ。客ばかりではない。人が一人迷い込むことすらあり得ないようなところであった。（「古都」）

――そう、そう「古都」を読んでくれりゃいい。どうだ、オレは描写が下手だって評判だったんだが、なかなか上手だろう。そりゃ、ひでえ所だったぜ。隠岐は「これはひどすぎる」って笑ってたものなあ。オレも笑った。笑うより手がないような所だったな。

と、何故か安吾はご機嫌である。そのとき「これでよかったのだ。むしろ、これがちょうど、手ごろだとすら思えた」のであり、この根底的に最後を思わせる汚さと暗さの中で「光は俺自身が持つより仕方がない……」と感じたことを思い出したのだ。安吾が描写が下手だと、誰が言い出したのだ！

安吾が言うように、京都伏見の一年余は「古都」を読むだけで全てが分かる。描写がすごい。今回は描写にこだわっているが、安吾の全作品は、その描写力にあると思う人がいたら、その人は安吾を半分は理解できる稀有の人物と言わねばなるまい。美文の描写など糞喰らえ！福田恒存に言わせるとこうなる。

従来の私小説のごとく、自分の生活や創作行為を野中を流れる小川のように素直に、自然に流して ゆくのではなく、人工的な実験室の中で、ひねくれたガラス管を通り、レトルトやフラスコを用いて 合成されたり加熱されたりしながら、最後に蒸留皿の上に滴り落ちてくるといったものなのである。
（福田恒存「坂口安吾」）

珍しく福田恒存はまともに安吾を見据えている。非の打ちどころがない。やんや、やんや！しかし、これではあまりにも正確すぎる。もう少しカミソリのような鋭い正確無比ではなく、鉈のような腹に響くような切り口が安吾には必要なのである。そこへゆくと、描写の問題と関連して、花田清輝は次のように人にかこつけて温かい刃を振り下ろす。

みずからを「口舌の徒」として規定する小林（秀雄）の態度は、たしかに西欧的であり芸術家としての彼の明瞭な自覚を物語っており、そのため芸術の世界においては、実生活の世界からの全面的な敗退によって実現されたにすぎない、彼の天下無敵が、恰も圧倒的な勝利の結果でもあるかのような、奇妙な錯覚を起こすのである。いずれにせよ大井君、芸術の道と兵法の道とは違うのだ。孫子の教訓は、芸術家に対しては、次のように訂正されなければなるまい。敵を知り、己を知るものは、百たび戦って百たび負く。（花田清輝「動物・植物・鉱物」）

え?また、よく分からない?あ、そう!

――ハッツハッツハ。そりゃ面白れえや。どうも福田は真面目で面白くないわな。花田がいいねえ。花田が。それはともかく、この京都伏見は、なんともすげえ所だった。オレの人生、いつもひでえと自分でも思うが、ここに住む人間たちのに比べりゃ屁みたいなものよ。

安吾のご機嫌が続いている。まるで、ここで暮らした当時の悪戦苦闘を忘れてしまったように――――。しかし、ここはまさに安吾が新しく生き直す原点だった。東京に自分の墓を作り〝生前葬〟を済ませた彼は、この人生最終の袋小路のような場所で「吹雪物語」を書いて再生を図ろうとする。矢田津世子よさようなら。長島萃、牧野信一よさようなら。一旦、自分の人生を閉じての出発である。

この弁当屋で僕はまる一年余を暮した。その一年間、東京を着て出たままのドテラとその下着の二枚の浴衣だけで過ごしたと言えば、不思議であろうが、微塵も誇張ではないのである。夏になればドテラをぬぎ、春は浴衣なしでドテラをじかに着ている。多少の寒暑は何を着ても同じものだ。そうして時々、酒を飲みに出掛けもしたし、祇園のお茶屋へも行った。(「古都」)

ある意味では、安吾は少しも変わっていない。普段のままの姿があるだけだし、さまざまな面倒を見てくれる隠岐和一がいなくても、それほど変化があったとも思えない。しかしそれは、表面上であって、どこまでも厳しく、苦しい葛藤と闘い続けていたのである。

まず、肝心の「吹雪物語」が書けない。五月ぐらいまでに、半分ぐらいを書き進めたとはいうものの、以後、一年近く、まったく自信を失い、筆を折って囲碁に明け暮れ、酒を飲んで「豚の如く眠る」という生活だった。

「吹雪物語」は牧野信一の自殺、矢田津世子との別離があった年の暮れに着手した長篇小説だが、翌々年の六月に脱稿するまで安吾は、他に何も書いてはいない。それは気が遠くなるような長い長い「百たび戦って百たび負く」世界だったろう。彼はそれを貫いた二人とない〝芸術家〟だった。

京都を離れて帰京し「吹雪物語」が刊行されても、この偉大な小説は黙殺された。なるほど、多くの大先生が指摘する通り、この作品は〝失敗作〟であり、退屈で同じところをグルグル回り続ける無残な小説かもしれない。しかし何度も引用するようだが、花田清輝はこう叫んで絶賛する。

彼が魂と肉体の分裂に真正面から取り組んだのは「吹雪物語」からであり、しかもその分裂の事実は彼の眼に、ファルスどころか、恐ろしく悲劇的なものに見えたらしい。下界において吹雪につつまれ、堕地獄の苦しみにのたうちまわっているかのようだ。しかしやがて転機が来る。（中略）魂と肉体の分裂を、彼のいわゆる鬼の眼で、冷然と観察する術を身につける。（中略）これこそ本当の芸術家の眼であり、本当の思想家の眼ではなかろうか。（花田清輝「動物・植物・鉱物」）

これが安吾をどれほど勇気づけたかは想像に余りある。彼は「白痴」を褒める石川淳に向かって「俺には白痴よりもっといいものがある。分からねえか」という顔をしてみせたのも、自分では「吹雪物語」と言えないためだった。それがよく分かっていたのだろう。石川淳が「べらぼうな。わたしは一向に判ってやらなかった」とする所以である。

——もう、いいい、もういいよ。次だ、次に行こう！

二　取手、小田原、新潟。

我孫子から利根川を越えると、そこは茨城県・取手の町である。ここに安吾は竹村書房の世話で住みつくまでは、本郷菊坂の菊富士ホテルに滞在していたが、そこはもう彼にとって新しい何かを生み出す場所ではなかったのだろう。

――いやあ、取手もひどい町だったね。京都伏見とどっこい、どっこいって感じかな。しかし、菊富士ホテルのような「作家でございます」って顔をしなくていい分、ましな所で、オレは毎日、近所の百姓や工場の労務者と一緒に「トンパチ」と称するコップ酒を飲んで気勢を上げていたもんだ。それでもトンパチ仲間の中じゃ、俺が一番おとなしかったんじゃないかな。ほかの連中に比べると紳士的だったんだ。なに?仕事だと?そんなもん、知るもんか!

トンパチというのは「当八」の意味で、一升の酒でコップ八杯しか取れない盛りのいい酒のことである。それが安い。しかし、普通の人なら眼をつぶったり、息を殺して飲まなければ飲めないような安酒だった。

僕の一生のうちに取手のトンパチ屋で飲んだ時期が最もおとなしい時期となるに相違ない。宿屋のオバサンは僕のことを聖人だなどと言い、トンカツ屋のオカミサンは僕が毎晩酒を飲むのだということを聞いても決して信用しない始末であり、青年団の模範青年は、ある日僕が金に困ってどうしても質屋に行く必要があり、その案内を頼んだところ、蟇口を持って追っかけてきて、無理矢理二十円押しつけて行く始末であった。(「居酒屋の聖人」)

まるっきり書かなかったわけではない。都新聞に匿名の批評や雑文を書いてはいたが、作品と呼べるようなものは「一字も書くことが出来ない」状態で毎日、ただ眠り「夕方になると、もっくり起きて、トンパチ屋に行く」だけだったらしい。わずかに「若草」に発表した「醍醐の里」という小品があるが、取るに足らないものである。

しかし、安吾はこのような不毛の時期にこそ、花田清輝に言わせれば「堕地獄の苦しみにのたうちまわっている」かのような時期にこそ、その魂と肉体に新しい転機につながる何かを胎動させ始めるのだ。京都伏見の汚れきった袋小路の中に、一行もまともなものが書けなくて、焦り、自信を無くし、焦り抜く取手の日々の中に、永遠に続くような〝吹雪く〟心象風景の中に「自分が一条の光」となって輝くものを身につけて行くのである。

京都伏見では難産の末「吹雪物語」という奇形の偉大な作品を産んだ。茨城・取手では本当に何も産みださなかったかもしれないが、以後、日本が無残な敗戦に至るまでに、いや、戦後から死に至るまで無茶苦茶に生み出された作品の数々は、この取手の〝聖人〟とまで呼ばれてしまった冬の季節、あるいは地獄の季節に胎動し始めたものであったかもしれない。

早い話が池内紀が「安吾不連続線」で指摘している通り、昭和十七年に書かれた「日本文化史観」の四「美について」は「三年前に取手という町に住んでいた」という書き出しで始まるし「ぐうたら戦記」では「取手の冬は寒かった。枕もとのフラスコの水が凍り、朝方はインクが凍った」と地獄の季節がいかに貴重なものであったかをしのばせる。

――おい、おい。いい加減にせんかい。オレはお世辞に弱いからありがたいけどな、取手という所は、そんな生易しいところじゃねえんだ。その冬の寒さときたら、布団にくるまって寝ているか、トンパチを飲んででもいなけりゃ、自分が凍っちゃう感じだったな。おお！思い出すのも、やだ、やだ。勘弁してくれ。いのちがけだったぜ。

ほうれ、やはり取手は安吾にとって重要な場所だった。それが翌年「文学界」に発表された、切支丹の殉教を主題とする「イノチガケ」の起爆剤になったたし「あちらこちら命がけ」という安吾碑の名文句になっている。

まあ、珍しく安吾が謙遜しているのもおかしいが、それはこの地に来る直前に書いた「茶番に寄せて」のような道化にほかならず、取手の寒さが尋常ではなかったことは本当らしい。「ぐうたら戦記」ではつづけて「私はあの町を去って以来、再び訪ねたこともなく、思い出すことも悲しい」と正直になっているのが頬笑ましい。道化るなら安吾は決して居酒屋の聖人にはならなかったろう。

道化は浪費であるけれども、一秒さきまで堂々と貯めこんできた努力のあとであることを忘れてはならない。甚だしく勤勉な貯金家が、エイとばかり矢庭に金庫を蹴とばして、札束をポケットというポケットへねじこみ、さて、血走った眼付をして街へ飛び出したかと思うと、疾風のようにみんな使って、元も子もなくしてしまったのである」（茶番に寄せて」）

このように道化ることが出来なかったほど、取手の寒さは凄かったのだろうと理解したい。ただ、安吾はここで重要な教訓を得ている。「居酒屋の聖人」の最後の二行は、以前もそうだったのだけれど、以後、彼のバイブルとなった。「教訓。傍若無人に気焔を上げるべきである。間違っても聖人などとよばれては金輪際仕事はできぬ」。

京都伏見と茨城・取手が、いかに安吾に大切なものであったかを柄谷行人に総括してもらおう。

「日本文化史観」には、実は、京都に滞在して「吹雪物語」を書きながら悪戦苦闘していた時期に見た風景と、そこから引きあげて利根川べりの町取手やその他の町を放浪している間に出会った風景の二つがあるだけだ。京都や奈良の建築に対する彼の嫌悪には、その当時の混迷のなかの自己への嫌悪が投影されており、また小菅刑務所やドライアイス工場などへの「郷愁」には、痛苦にみちた自己発見が投影されているといっても過言ではない。（柄谷行人「『日本文化史観』について」）

取手の寒さから安吾を救ったのは三好達治である。「小田原に住まないかい？」と声を掛けられ、それに飛びついた彼は、この温暖の地で一気に蘇生した。

――いやあ、有難かったね。三好サマサマ、達治サマサマだったよ。何せ早川橋際の亀山別荘だからねえ。南極とハワイ、いや、地獄と天国の違いだったな。おお！ここは鰻屋の「川治」だ。昔と変わってないなあ。ここで、三好と辻潤と一緒に飯を食ったもんだ。

安吾はご機嫌である。縦横に活動できた当時を懐かしむように小田原市内を闊歩している。光と風の中を肩を怒らせて歩く姿が、彼にはいちばんお似合いだ。そこには取手の居酒屋の聖人の教訓が生きている。以後、彼はその姿勢を貫いた。

だが、この極楽生活は長くは続かない。何と時ならぬ集中豪雨による洪水で亀山別荘が流されてしまうという事態が発生、わずか一年半余りで小田原を去らなければならなかったが、一度蘇生した安吾の勢いは止まらなかった。もう、何者をも怖くはない。また東京・蒲田に居を移し、怒涛の進軍を開始したのだった。

多くの人は、坂口安吾は戦後になって、ようやく開花した作家と思っているようだが、本当は小田原に移住した昭和十五年からだと思ってまず間違いない。翌年からの作品を眺めてみると「篠笹の陰の顔」(「若草」)、「盗まれた手紙の話」(「文化評論」)、「イノチガケ」(「文学界」)、「風人録」(「現代文学」)、「死と鼻唄」(「現代文学」)、「作家論について」(「現代文学」)、「文学のふるさと」(「現代文学」)、「波子」(「現代文学」)、「新作いろは加留多」(「現代文学」)と、やたら発表の舞台に「現代文学」が多いが、これは大井廣介との頻繁なつながりから来るものだろう。

しかし、これと併行して都新聞に「ラムネ氏のこと」を連載しているし、さらに昭和十七年に入ると「古都」、「ただの文学」、「日本文化史観」、「大井廣介という男」、「剣術の極意を語る」、「文学と国民生活」を「現代文学」に「真珠」、「青春論」を「文学界」に「居酒屋の聖人」を日本学芸新聞に発表している。もう、誰もこの勢いを止められない。

それも私的な面では、母アサの死去という〝日本一の孝行息子〟にとって悲嘆にくれる時期があっても、一周忌には新潟の実家に帰省している最中に「島原の乱」を執筆し続け、そこに壇一雄が訪れたため、大いに酒を酌み交わすことまでやってのけるのである。

――ハッハッハ。なんの、なんの。それぐらい屁の河童。

と安吾は笑っているが、この蘇生の時が太平洋戦争勃発の時期と重なっていることに注目しなければなるまい。安吾自身にこの時期の背景と自分の生き方を解説してもらおう。

支那事変の起こったとき、私は京都にいた。翌年の初夏に東京に戻ってきて、つづいて茨城県利根川べりの取手という町に住み、寒気に悲鳴をあげて小田原に移り、留守中に家が洪水に流されて再び東京に住むようになり、冬がきて、泥水にぬれたドテラを小田原のガランドウという友人の残してきたものを取りに行った。翌朝小田原で目をさましたら太平洋戦争が始まっていたので、田舎の町では昼は電気のこない家が多いのでラジオもきこえず、なんだか戦争がはじまったようだよ、などとガランドウのオカミサンが言うのを、仏印と秦国の国境あたりの小競り合いだろうぐらいにきき流していた。(「ぐうたら戦記」)

やはり安吾にとって、戦争など屁の河童ぐらいの関心しかなかったのかと思えそうだが、そうではない。昼近くなって床屋へ出掛けようと外へ出て、大戦争が始まったことを知り、安吾は茫然とする。だが、彼はこう決意するところが安吾の安吾たるところだろう。

国の運命はしかたがない。理屈はいらない時がある。それはある種の愛情の問題と同様で、私は国土を愛していたから、国土とともに死ぬ時がきたと思った。私は愚かな人間です。ある種の愛情に対しては心中を不可とせぬ人間で、理論的には首尾一貫せず、矛盾の上に今まで生きてきた。これからも生きつづける。(同)

前半は体制側が喜びそうな決意だが、後半は眉をしかめるだろう。ここが安吾の安吾たるゆえんで、まっとうな人間なら、思わず拍手したくなる。もう少し引用しよう。

それはしかし私の心の中の話で、私は類例の少ないグウタラな人間だから、酒の飲めるうちはノンダクレ(中略)防空演習にでたことがないから防護団の連中はフンガイして私の家を目標に水をブッカケたりバクダン破裂させたり、隣組の組長になれというから余は隣組反対論者であると言ったら無事通過した。近所ではキチガイだと思っているので、年じゅうヒトリゴトを呟いて街を歩いている(同)

人間一人の生き方を、その人の意思以外で動かされてたまるものか！戦争協力を強いる風潮の中で安吾は独り自らの姿勢を貫いていた。その後、大観堂から出された「真珠」所収の「孤独閑説」が発禁の対象となったのも当然の栄誉である。

――ああ、今回は疲れたよ。両国の猪屋から京都、東京、取手、小田原、そして新潟まで何度行ったり来たりすりゃいいんだい。少し休もう。ちょうど、オレが薬にまで頼って無茶苦茶に忙しくなる戦後までの半生を踏破した区切りにもなったしな。

安吾が音を上げたようだ。本当に疲れているのかどうか、いまの安吾に疲れなどというものがあるのかないのか知らないが、この辺での一休みもいいかもしれない。

――安吾は笑っている。風と光と波の中で、永遠の純情な放浪者が、得も言われぬいい表情で笑っている。

エピローグ

――え？「トスキナア」が終刊？休刊じゃなくて終わっちゃうの？それじゃ、この連載も、お前さんと一緒の旅も終わりかい？まだ、半分じゃないか。そりゃ残念だな。残念、ざんねん、ザンネン、百万べん残念だ！

と、風と光と波の中で、安吾が嘆いている。

その躰は、彼がご機嫌に酔っているときのように、かすかに揺れて見えるが、それは見る者の方の錯覚だろう。

――どこへでも自由自在に動ける〝風〟のような存在になってしまっている安吾は、今も強烈な熱である〝光〟の奔流を、自分の胎内に、それが自分の血であり肉であるように感じているに違いなかった。その微妙に揺れているように見える躰は、はるか水平線まで続くキラキラ輝く海の〝波〟を眺めながら、いつ、どこへでも素早く瞬時に、さっと飛び立てるように身構えている無量光寿（アミターバ）独特の姿勢にしか過ぎない。

果てしなく広がる蒼空を背景に、風と光と波の中で、彼はまったくの〝自由〟であり、自然と一体だった。

その安吾が「トスキナア」の終刊を嘆いている。

その気持ちは分からないではない。彼は自分の通夜に集まってくれた友人たちを眺めながら、自分が非常に穏やかな風と光と波に包まれていることを実感した。そして、すべてを肯定できるようになっている自分を好ましく思い「明日からオレはこの風と光と波に乗って、自分が生きてきた生涯を、もう一度たどる旅に出発しよう」と思い、自在に各地を飛び回れたことを中断されるのが残念なのだろう。さあ、安吾よ、どうする。

――む、お前は意地悪な奴だなあ、まるで花田清輝のようだ。ときどきオレをおちょくりやがる。しかしなあ、本当はオレよりお前の方が残念なんだろう。そう顔に書いてあらあな。オレよりお前の方が問題だ。

いきなり、こちらに問題を投げ返されたのではたまらない。しどろもどろに何と言ってやろうかと言葉を選んでいるうちに、おっかぶせるように安吾は笑った。

――ワッツハッツハ。まあいい、まあいい。お前も物好きな男だなあ。オレもそうだが、見ちゃいられないぜ。自分が書きたいことがあったら、お構いなしに何でも書いちゃうってタイプだろう。そういう奴は、世間の基準で行くと、いつも辛い目に合うものさ。でも、それが好きなんだからしょうがねえか。それしかねえもんな。ワッツハッツハ。

とてもかなう相手ではない。仕方なく苦笑で誤魔化していると、安吾は調子が出て来たらしく滔々と語り始めた。

——この「トスキナア」という雑誌を、ここまで続けてきた人たちは、誠実で一生懸命な人たちだってことは、すぐに分かる。雑誌を終わろうと決めるまでに、きっと、いろいろなことがあったんだと思うよ。それでも二十号も続けて来たんだ。それだけでも高い評価をしなくちゃならん。オレは坊主になるつもりで、本気になって修行したことがあるから、よく分かるんだが、生老病死に加えて、愛別離苦、怨憎会苦、求不得苦、五蘊盛苦か。この四苦を加えて八苦をことごとく体験したような人間でなきゃ、なかなか出来ないことだと思うんだ。生半可のことじゃない。あ、四苦のうちの死だけは体験しちゃうというわけにはいかないか。これを体験しちゃうと、いまのオレみてえになっちゃうからな。

いや、ごもっとも。こちらに言わせて貰うと、この雑誌に掲載されていたすべての論考に大いに勉強させてもらえたことが有難く、深く感謝しなければなるまい。

——おお！いいぞ。お前さんも、なかなか正直者で純情なところがいいな。そこを隠そうとして、いろいろ苦労するんだろうが、人間、なんぴとも、その弱点に負ける人こそいじらしい。その弱点に負けることの素直さもなければ、幼さもない成人ぶった人々の手柄顔が憎らしい。お前さん、また機会があったら、オレと一緒に旅をしようぜ。

安吾が笑っている。風と光と波の中で〝永遠の純情な放浪者〟が得も言われぬいい表情で笑っている——。


——お前さん、オレのことばかりじゃなくて、他の人の伝記と言うか評伝のようなものを書いてるそうじゃないか。そちらの方はどうなっているんだ。聞くところによると、折口信夫と花田清輝についても書いているんだって?全部ゲロを吐いちゃったらどうだ。

突然、安吾がインタビュアーに変身した。

こうなったら開き直るよりしようがあるまい。まことに僭越ながら、こちらが少しずつ書き進めているものを披露させてもらうことにする。何だか照れくさいが、安吾にこんないい表情を見せられて、真っ直ぐに問い詰められたら、そうするより手がないだろう。以下、安吾と開き直った私との一問一答——。

「もう、二十年前ぐらいから、ライフワークとして、折口信夫、坂口安吾、花田清輝の三人を書こうとしているんです。身の程も知らない畏れ多い挑戦なんですが」

——また、格好をつけやがって、そんな優等生みたいな口を利くもんじゃない。もっと胸を張って、堂々としてなきゃダメだ。しかしオレはともかく、折口と花田じゃ大変だろう。一筋縄じゃいかないからな。どうして、そんな奴らを選んだんだ？

「別に選んだわけじゃありません。でも、幸か不幸か喜寿と呼ばれる年まで生きながらえてきて、身も心も奪われるような感動を与えられた日本人は、この三人しかいなかったのだから仕方がないんですよ」

――オレはお世辞に弱いから、すぐいい気持ちになってやれるがな。折口と花田はそうはいかないぜ。一ひねりも二ひねりもしなくちゃならん。でもまあ、いい線行っているじゃねえか。で？どれもオレみたいに未完のままかい？

「いえ、折口信夫はある季刊誌に連載をしていたんですが、それに書き足して十年ぐらい前に沖積舎から本になりました。『清らの人―折口信夫・釋迢空』というタイトルで、評伝と言うよりはラブレターみたいなものです。とにかく学生時代から気味の悪い人で、敬遠していたんですが、短歌や詩の作品に触れると、だんだんそうじゃなくなって来て、のめり込んじゃったわけです。やはり究極的には純情の人ですね」

――まさか、お前さん、ホモじゃないだろうね。折口って言えばそれが定説じゃないか。勘弁してくれよ。

「いや、折口同性愛説に反対しているんです。彼はむしろ女好きなんですよ。もちろん男も好きですよ。でも、性の実行動を証明するものは何もありません。非常にストイックな人ですから、普通の人に誤解されるんです。これは坂口安吾にも言える事じゃないでしょうか。矢田津世子で、何であんなに苦しむんですか。長島や牧野の方が上でしょうが。

——ギャッ、逆襲してきやがったな。まあいい。そうか、そんなに折口信夫に惚れたか。それじゃしょうがないな。オレと折口信夫は、まったく無縁という人もいるだろうけど、これでなかなか縁が深いんだぜ。

「ええ知っています。古代史観などは、ほとんど同じといってもいいのじゃないでしょうか。村井紀さんが指摘していますが、二人が本当の〝無頼〟だということも」

——おお！知っているか。歴史の専門家の中でも、江上波夫や岡正雄のような本物はオレや折口と同じように、半島からの帰化人たちが日本の古代国家を形成してきたとしているんだが、いまだに小国家群から大国家に発展したという柳田國男のような考え方を正しいと思っている奴らがゴマンといる。

「折口信夫は現代を生きた〝古代人〟ですからね。皮膚感覚で直感できる古代史があるし坂口安吾は〝古代人以前〟のようなところがあるじゃないですか。そこのところを分からないと、いわゆる〝常識人〟には、二人とも無茶苦茶な奴ということになっちゃうんです」

――おい、おい、お前さん、オレを掴まえて〝古代人以前〟かい？ひでえことを言いやがる。でも、それは褒め言葉だろうから勘弁するが、そこ、そこんところが何て言ったらいいか、一番苦労するところだな。要するに秩序の問題なんだが、法律を作りゃいいってもんじゃない。法治国家は素晴らしいだと？糞喰らえだよ。無頼にもなるわな。

「二人は何に対しても〝無頼〟みたいなところがあって、そこが応えられないほど魅力的なんですよ。不真面目なんじゃなくて、大真面目って言うか、それに対しても無頼であるというか。また、二人とも女と恋に弱いところが可愛い」

――何を言いやがる。え？本当に折口は同性愛者じゃないの？伊勢清志、鈴木金太郎、折口春洋、加藤守雄なんかにメロメロだったんだろう。そのくらいは知ってるんだぞ。

「安吾ともあろうものが、そういう〝定説〟を信じているのが情けない。そりゃ、可愛がっていた弟子には違いないけど、上野ひでと言う婚約者もいるし、年を取ってからは、穂積生萩と言う女流歌人を溺愛した。もっとも、坂口安吾と同じで、惚れすぎちゃって手も出せないほどの恋に悩むんだから、二人は本当によく似ていますよ。純情二重奏ですね」

――この野郎、言わせておけばオレたちを愚弄するのか。まあいい。上野ひでも穂積生萩も知らねえなあ。お前さん、それを書いたらいいじゃねえか。

「ええ、だから、書きましたよ。この坂口安吾の最終回が出るころには『折口信夫&穂積生萩―性を超えた愛のかたち』(開山堂出版刊)という本になって、全国の書店で発売されているはずです。よろしくお願いしま～す」

――あれ、いい度胸だな、しぶとく宣伝してやがる。参った、参った。え?それじゃ折口信夫関係は二冊も本にして、オレたちゃ中途半端で終わろうというのかい?

「いいえ、そんなことはありません。生ある限り坂口安吾も花田清輝も書き続けるつもりです。しかし、いまのところ書く舞台がない。『トスキナア』が復刊することがあったら、続けさせてもらいたいし、そうなることを祈ります」

――分かった、分かった。で?折口が溺愛したって言う女弟子の穂積生萩って女のことを、お前さんは書いたのか。

「ええ、まあ、そういうことになるんでしょうが、四十年ほど前に穂積生萩が書いた『私の折口信夫』という〝幻の名著〟をダイジェストするのが目的でありメインです。僕の知る限りでは、これが折口信夫を描いた最高の本なんですよ。ここにこそ本当の折口像があります。復刻版を出したかったんですが、出してくれる出版社がないんです。本当にダイジェストなんて仕様がないものだから、原作を生かすのに大変な苦労をしました」

――女に惚れた折口信夫か。へえ、そりゃ面白そうだな。みんなビックリするだろう。オレも読んでみたいな。

「ありがとうございます。ぜひ読んでください」

――花田の方はどうなんだ。あいつはオレのことを猪や豚に例えてからかいながら、実に痛快な「坂口安吾論」を展開してくれたなあ。あれほどの奴は、そういるもんじゃない。どのくらいまで進んでいるんだ？

「それがちょうど、戦前までをたどり終えて、この『風と光と波の幻想』と同じぐらいなんです。約半分といったところかな。年一回刊の同人誌に毎回、一万字ぐらいずつ発表しているんですが、こう言う仕事は、その人の書いたものを読み直さなければならないでしょう。意外に手間がかかるんです。小説なら自分勝手に書けるけど、そこが辛いし嬉しい」

――オレと花田とは、ある意味じゃ、お前さんの言うとおり、同じような思考形態があるな。彼も小林秀雄を滅茶苦茶にやっつけたろう。でもな、オレと同じように彼は小林のファンでもあるんだ。ただ、何だか知らないが、小林は収まり返っちゃっているだろう。そのあたりが気に食わねえんだが、そりゃ、人間、一人ひとりスタイルがあるのさ。こりゃ、小林のせいじゃないんだ。ジャーナリズムと読者の方が悪いのよ。

「あ、それは言えますね。小林秀雄も『トスキナア』のような雑誌に、あらゆる制約を超えて、自分の純情を赤裸々に書けば、読者の方もまともな〝達人〟扱いにしなくなるかもしれませんね。坂口安吾が『人間は何をやりだすか分からんから、文学があるのじゃないか、歴史の必然などという、人間の必然、そんなもので割り切れたり、鑑賞に堪えたりできるものなら、文学などの必要はないのだ』と花田清輝の『小林秀雄は達人であった。少なくとも達人のように振舞ってきた。一度も批評したことがない。ただ、かれは芸術の神妙を語って来ただけだ』でしたっけ?僕なんか、それでぐっと来た一人です」

――おお、そうよ。でも、小林はそうでない方がサマになるんだろうなあ。オレや花田はそうなったらお終いだ。お前さんもうまい事を言うじゃないか、折口とオレが何に対しても無頼だって、さっき言ったよな。花田だってそうだ。恥ずかしいってことを知っている奴なのよ。恥ずかしいってことを知っている奴は、悲しいかな、あまり普通の人には通じないんだ。厚かましい奴がはびこるのよ。厚顔無恥バンザイ!

「そういうことなのかなあ。そうかもしれない。とにかく純情なものだから、それを極端に見せないようにするための努力をするって雰囲気かなあ。悲しいけど魅力的です」

——お前も変な奴だなあ、どこか屈折しているんだよ。オレみたいに真っ直ぐに命がけでやれよ。でも、花田も命がけだぜ。右翼も左翼もあったもんじゃない。立派なアナーキストだ。そして、読む人が分からなくっても、本当の事を言っている。この本当のことを真面目に言うと、だいたい書いたものは売れないんだ。売れないものを書くことに命がけなんだよ。ちょっと砂糖の味が足りねえんだ。サービスが足りねえんだ。

「そういうことかも知れません。でも、三人とも〝女に弱い〟というのが共通しているなあ。いや、逆かなあ〝女に強い〟のかなあ。花田の『復興期の精神』の最初の一篇は『女の論理』ですからね。最初は分からなかったんだけど、だんだん、クックックと笑えるものになっているでしょ。一筋縄じゃないでしょ」

——ああ、ダンテだな。最後の結語がいい。バルザックをからかって「三十歳を過ぎても女のほんとうの顔を描き出すことは出来ない」と、さらっと決めて笑えるなあ。

「おっ、そこまで覚えているんですか、ははあ、安吾は花田に相当惚れてますね。桐生に遊びにいらっしゃい、って誘ったそうじゃないですか。彼は行かなかったらしいけど、本当は一度、行っているようですよ。もちろん、立ち寄らなかっただろうけど」

――うん、それも、お前さん流に言えば、恥ずかしいからそうなるのよ。オレだって遊びに来てほしいけど、恥ずかしいじゃないか。優しく言ったつもりなんだけど、ぶっきらぼうだったに違いない。彼だってオレの「花田清輝論」で滅茶苦茶に褒められたもんだから恥ずかしいわな。来たくったって来れないんだ。そこんところは分かるだろう。

「ええ、よく分かります。でもこれも常人には分からないだろうなあ。来たら酒や睡眠薬を飲ませられるから用心したわけでもないでしょうからね。檀一雄も困ったらしいし」

――うむ、そう言えば、花田は酒がダメなんだってなあ。彼の唯一の欠点は酒がダメだということじゃないかな。オレん所に遊びに来てたらウイスキーとブロバリンで仕込んでやったのに。そうしたら彼は、もっともっと大物になったはずだぜ。

「また、花田が酒が飲めないという俗説を信じる安吾がいるなんて信じられない。彼は結構、酒を飲んでいるんですよ。鹿児島の第七高等学校時代の仲間である羽田竜馬や小嶋信之などの証言では、しょっちゅう飲んでる。決して下戸じゃない」

――へえ、そうなのか。それは知らなかった。そうだろう、そうだろう。酒ぐらい飲めなくちゃいけない。あいつの偉いところは、やはり、どんな人間だって認めてやるという肯定の精神を貫いているところだと思うんだ。ここじゃ具合の悪い奴でも、こっちへ持ってくれば非常に有用な人間になるってことを、いつも考えている奴なんだ。

「そうですね。偉そうに〝こうあらねばならぬ〟とか〝こうすべきだ〟なんてことは言いませんよね。常に楕円の思想で見ているということは言えるでしょうね」

——折口もオレも花田も、そういう意味じゃ何でもありだ。乞食だって気違いだって肯定しちゃう。世間的な〝標準人間〟なんか糞喰らえだ。何でもかんでも肯定しちゃう。「狂人が論理を拒絶する？いかにもありそうなことであると言っておいて、狂人ほど、論理を求めているものはない。とひっくり返す『錯乱の論理』には、しびれちゃう」

——うん、うん。オレもしびれる。オレのようにストレートで抑えるというやり方をしないで、完全に変化球を投げる奴と思わせておいて、本当はずばりと直球で決めやがるんだからなあ。まあ、オレも惚れ惚れするわけよ。

「よく分かります。だから穂積生萩が主宰していた『火の群れ』という同人誌に『私のライフワーク』という文章を書いたんです。折口信夫を書けば、坂口安吾と花田清輝の苦悩が鮮明となり、坂口安吾を書けば、折口信夫と花田清輝の悲しみが横溢し、花田清輝を書けば、折口信夫と坂口安吾の喜びが輝く。と」

――そうか、そうか。お前さんは意地悪な奴だと思っていたけど、優しい奴なんだな。しかし、お前さんも気が多い奴だなあ。一人だって大変だろうに、三人なんて欲張りすぎだぞ。それも選りに選って……。ご苦労さん。

「自分でもそう思います。気が多いのか欲張りなのか。毎度、うん、うん苦しみながら喜んでいるんだから、一種のマゾヒズムですね。でも充実した時間を送れます。死ぬまでやり続けるより仕方ありません」

――一種のマゾヒズムねえ。そうかもしれないなあ。そういう意味じゃ、ストイックな人間というのは、マゾヒストに見えるかもしれない。それを正直には見せないけれどな。それじゃあ、お前さん、この三人のほかに、まだ書きたい人が出て来る可能性があるじゃないか。そんなことを続けていたら死ねないぞ。

「ご想像通り、もう一人増えちゃったんです。さっきから話題になっている折口信夫が溺愛した穂積生萩が主人公で、自分がやっている同人誌に『清らの人―その女弟子』と題して連載を始めちゃいました。本にした『折口信夫&穂積生萩』だけじゃ、どうも不満なんです。ダブる部分を避けながら、新しい視点で追いかけてみようと思っています」

――知らねえぞ。お前、途中で死んじゃうぞ。そんなにいい女なのか?どんな女なんだ。年はいくつだ？

「八十八歳、米寿の女流歌人として、歌壇では異色の存在の人ですね。毎週一回、取材をさせてもらっているんですが、お元気でねえ。自転車に乗ってスイスイ走り回っています。なんて言ったらいいのかなあ。天衣無縫な人で、まるっきり世間の俗事には無関心ですね。秋田の男鹿半島の大地主のお姫様ですから、そりゃもう、世間一般の人とは違う。何しろ折口が死んだとき、焼き場で折口の骨を食べた人ですからね。ただ者ではありません。私の一生は折口信夫の一生だと言っています。彼より四半世紀以上長生きをしているわけですが、生涯、折口一筋でしょう」

――へえ？それはたまげた。折口はおそらくその人の胎内で蘇生したね。死に切ることがないよ。折口も大地主の娘に弱かったんだ。そんな女の人が現代でも生きているのが不思議だねえ。大したもんだ。

「いい歌を作りますよ。釋迢空よりはうまい歌を作ります。二人で取材というよりは、いつも談笑して笑い合うという仲になっちゃったんですが、折口は歌が下手だ、なんて神を恐れぬ事を言い合って、キャアキャア笑っているので、人からは、何だか変な婆さんと爺さんがいるという目で見られてます。大崎ゲートシティという品川区民広場のようなところで、白昼のデートですよ。毎朝五時に起きて御殿山の野良猫に餌をやりに行き、途中の橋のたもとでラジオ体操をして、あとは折口信夫を偲んで歌を詠み、門弟に歌の指導をして過ごすという生活です。いくつになっても天真爛漫な少女のようなところがあります」

――そんな女性なら、オレも惚れたかもしれないいな。でも、それに付き合っているお前さんが心配だな。人のことを〝無頼〟だなんて言っていて、お前さん方がよっぽど無頼だよ。死ぬよ。そんな事ばっかりしていたら。

「もういいんです。女房も五年前に逝っちゃいましたからね。息子も二人何とか生きているから思い残すことなんてありません。七十七歳になって、体のあちこちが具合が悪くなって、心筋梗塞症状に悩まされていますし、今年に入ってからは肺気腫の宣言を受け、いつ死んだっておかしくはないんです。ただ、あと坂口安吾と花田清輝を書き上げれば、という思いがありますけれどね。思い残すことは他にはありません」

――ずいぶん達観したような言い方をするな。でも七十七歳か。オレより四半世紀以上生きているんだ。オレは織田信長じゃねえが人生五十年と決めていたから、ちょうど五十で死んだんだが、生きているうちが花っていう奴もいるからなあ。死んで見りゃ、その後があるってことを知らない連中は、おめでたいものよ。そういう連中は、死んでから苦労をするんだ。とても可哀想だよ。死んでからみじめなのは憐れだな。

「みんな科学を信じていますからね。科学の方が折口信夫、坂口安吾、花田清輝より遅れているってことを知らない。どうして、こんなことになっちゃったんだろう、ってことを最近考えるようになりましたよ」

――そうだよなあ。でもな、それが人間てものなんじゃないか。オレはそういうのも認めてやろうと思っている。それは偉くなったということじゃないんだ。たとえば、ドストエフスキーの「悪霊」の中の自殺狂・キリーロフみたいなもので「いいものだ、何もかもいい」という心境に近いものかもしれない。

「ははあ、すごくマトモになりましたね。でも安吾ファンにとっては、例の調子で『空想であれ、夢であれ、死であれ、怒りであれ、矛盾であれ、トンチンカンであれ、ムニャムニャであれ、何から何まで肯定しようとするものである』といってもらった方が嬉しいんですよ。僕も〝何でもあり〟を標榜しているんです」

――お前さんは、本当に意地悪な奴だなあ。お前さんは折口を書いても、オレを書いても、花田を書いても、どこかで楽しそうにニヤニヤ笑ってやがるんだろう。オレが生きていたら、ただじゃおかねえんだが……。何だか切ないなあ。

安吾がちょっとしんみりとなった。

しかし彼はいい表情を崩してはいない。彼にとってはもう、あれほど苦しんだ矢田津世子の存在さえ、いとおしく平気で肯定できるようになっているのだろう。

そしていま、九州・大村から新潟まで各地を飛び回った自分の生涯の半分を振り返ってみて、懐かしさを噛み締めているに違いない。

「また、『トスキナア』が復刊することがあったら、お伴をさせてください。うんと意地悪をしながら、坂口安吾という巨大な小説家の全貌を見せてください。僕が書くものは評伝なんて大それたものではなく、いつでも、その対象に捧げるラブレターなんですから」

――おお、分かっている。分かった、分かった。また一緒に旅をしよう。達者で暮らせよ。後半のオレの生活は、知っている通り無茶苦茶だったからな。きっと、ついてくると逃げ出したくなると思うよ。じゃあ、その時が来るまで、あばよ。

光に包まれて、風のように安吾が消えた。再見！

あとがき

前書きにも書いたように、この本は坂口安吾の青春期、戦前までの姿をたどったものである。多くの人は戦後の彼の活躍ぶりを、その著作や行動をもっと知りたいと思うのが当然だろう。

だから、早く第二部を書かなければならないと焦るのだが、それがなかなか思うようにならない。この本のエピローグでも弁解がましいことを書いたが、私には安吾の他にも心酔する人たちがいて、その人たちの〝評伝〟というか〝ラブレター〟のようなものを、少しづつ書き継がなければならないからだ。生来の不器用な質の人間であり、遅筆であるため、ライフワークと称しながらも、進行は遅々として進まないのである。

おまけに「裸木」という同人誌を主宰しているために、編集雑務に追われて、執筆時間が思うように取れないという現実もあり、高齢化に伴って、ますます書き進める時間がなくなってきた。いや、あるのだが、つい疲れて酒を飲んでしまい、だらしなく眠ってしまうことも、書き進むことができない大きな原因だろう。これは、どう弁解してみても自分の怠惰に違いない。

何だかんだと言い訳をして、同人雑誌に細々と書き継いでいるわけだが、一応、完成したのは折口信夫「清らの人―折口信夫・釈迢空」（沖積社刊）ただ一人。花田清輝は、ようやく半分まで。この安吾も半分だから、日暮れて道遠しと言わなければなるまい。ひょっとしたら、未完成のまま、自分の生涯が終わるのではないかと、不安と焦りにさいなまれる毎日を送っている。

今年、八十歳を迎えてからは、余計にその感が強くなった。心身の衰えが急激に襲いかかってきて、さらに進行に障害が出てくる。これではいけない、と、この坂口安吾も第一部だけでも先に出版してもらうことになった。連載したものに手を入れようとも思ったが、あえてそのままにしたのもそのためである。

この「風と光と波の幻想」は、十年前から「トスキナア」に連載を始めて五年前に終わった。このままを、そのまま本にするわけにはいかない。手を入れなければならないところが多々あるのだが、しかし、それにも目をつぶる。早く、早くと老人は焦るのである。

世の中は一年で、すっかり変わる時代になってしまった。そんな中で、まったくのアナログ人間である私などは、アップアップしながら生き長らえているという事だろうか。

こんな奇想天外の〝評伝〟を一冊にしてくださる開山堂出版の坪井公昭社長に感謝申し上げます。そして、読んでくださった方々から、この怠惰な老人に、ご批判やご叱正をいただきたいと切に念じております。

鳥居哲男（とりいてつお）

1937 年（昭和 12 年）京都市生まれ。國學院大學文学部国文科卒業。新聞社、出版社勤務の後、フリーのエディター・ライターとして活躍。著書に「現代神仏百科」（アロー出版）「清らの人」（沖積舎）「ラ・クンパルシータ」（近代文芸社）「エル・アマネセール」（晴耕社）「わが心の歌」（文潮社）「倍尺浮浪」「折口信夫＆穂積生萩」（開山堂出版）などがある。同人誌「裸木」主催

風と光と波の幻想―アミターバ坂口安吾（第一部）

二〇一七年十二月十五日　第一刷発行

著　者　鳥居哲男

発行者　坪井公昭

発行所　開山堂出版

東京都中野区中野四―十五―九―一〇〇八

電話（〇三）三三八九―五四六九

印刷所　モリモト印刷株式会社

ISBN978-4-906331-51-2-C0095